I0556939

www.ingramcontent.com/pod-product-compliance
Lightning Source LLC
Chambersburg PA
CBHW072040170626
46811CB00008B/3117

* 9 7 8 1 0 0 5 8 4 9 8 8 7 *

سر الخلود

ثمانية وعشرون قصة قصيرة للشباب

إعداد وتحرير : رأفت علام

مكتبة المشرق الإلكترونية

صدر في يوليو ٢٠١٩ عن مكتبة المشرق الإلكترونية – مصر

سر الخلود

١. الحلم
٢. أصل الشر
٣. فخ مصر
٤. الانفجار الكبير
٥. العار: نادر رأفت
٦. علام إبرهيم (حرف الألف)
٧. هزمت أستاذي
٨. أنا المسئول
٩. النبوءة
١٠. تمثال ورصاصة
١١. الانتقام الدامي
١٢. الفَناء
١٣. الثأر
١٤. أين ذاكرتي
١٥. الضعيف ..
١٦. سر الخلود
١٧. بطل يموء
١٨. ازدواج
١٩. الانتظار
٢٠. لعبة كبار
٢١. حسناء الحافلة
٢٢. العدالة العمياء
٢٣. هل العدالة حقًا عمياء؟
٢٤. عندما أدار ظهره، وسب ..
٢٥. ارفع ذراعك، تخسر قضيتك ..
٢٦. نظري الضعيف
٢٧. قضية (هولمز) الحقيقية

الحلم

استيقظ (قدري)، الكاتب القصصي المعروف، في ذلك الصباح، وهو يشعر بخمول شديد، على عكس عادته، حينما ينهض من فراشه، دومًا في نشاط، وفتح عينيه في تراخ، وهو يتأمل ما حوله..

وفجأة هب جالسًا..

أين هو؟..

إنه ليس في حجرته!!..

وزوجته ليست إلى جواره!!..

صحيح أن تلك الحجرة الواسعة تبدو له مألوفة، بذلك المعطف المضاد للمطر، المعلق فوق الشماعة في نهايتها، و هذا الفراش الصغير، القريب من الأرض، ولوحة الأسلحة التي تحتل نصف الحائط المواجه للفراش، إلا أنه لا يذكر أين رآها، ولا كيف جاء إلى هنا..

وفجأة، أدرك لماذا بدت له الحجرة مألوفة؟..

إنها حجرة (عدنان)، تماما كما يصفها هو في قصصه..

ولكن هذا مستحيل!!..

لا وجود ل (عدنان) أو حجرته في عالم الواقع..

إنه هو مبتكر شخصية (عدنان)..

هو صنعها من ثنايا عقله..

وهو وصف حجرته..

راح يدير عينيه في الحجرة مرة أخرى في ذهول، وتذكر كيف أنه أوى إلى فراشه أمس، بعد أن انتهى من أحد فصول رواية جديدة من روايات (عدنان)، ولاح له أن هذا هو سبب ما يحدث له الآن، فعاد يرقد على الفراش القريب من الأرض، ويسبل عينيه مغمغمًا:

- اهدأ يا (قدري).. الخيال لا يتحول أبدًا إلى حقيقة..

إنما هو حلم.. مجرد حلم..

***

استيقظت (نهلة) زوجة (قدري) من نومها في تمام الثامنة كالمعتاد، وتثاءبت في قوة، وهي تغمغم مبتسمة:

- صباح آخر جميل.

وتثاءبت مرة ثانية في تراخ، ثم التفتت إلى زوجها توقظه.

وفجأة، ارتدت كالمصعوقة..

واتسعت عيناها في رعب وذهول..

لم يكن النائم إلى جوارها زوجها..

كان شخصًا آخر، وسيم الملامح، قوي البنية، يبدو وجهه مألوفًا، على الرغم من ثقتها بأنها لم تره في حياتها أبدًا..

من هذا الرجل؟..

كيف وصل إلى فراشها؟

وأين زوجها؟

فتح الرجل عينيه في هذه اللحظة، فأجفلت، وحاولت إخفاء جسدها بغطاء الفراش، وهي تهتف بيه في رعب:

- من أنت؟.. أين زوجي؟

نهض الرجل من الفراش في نشاط، وقال مبتسمًا:

- أنا (عدنان).. (عدنان الرهيب).

حدقت في وجهه بذهول، وهي تردد:

- (عدنان الرهيب)؟!

ثم هتفت في حدة:

- مستحيل!.. (عدنان الرهيب) ليس شخصية حقيقية.. إنه شخصية خيالية ابتكرها زوجي.

أجابها في هدوء، ودون أن تفارقه ابتسامته:

- كان كلامك صحيحًا حتى مساء أمس.

هتفت في توتر:

- ثم ماذا؟

هز كتفيه في لا مبالاة، وهو يقول:

- ثم تبادلنا الأماكن.

لم تفهم ما يعنيه، فغمغمت:

- ثم ماذا؟

طرقع إصبعيه، تمامًا كما يفعل في القصص التي يكتبها زوجها، وهو يقول:

- تبادلنا الأماكن.. لقد سئمت كوني شخصية خيالية، يدفع بها هو في صراعات لا تنتهي، ويعرضها لمخاطر لا حصر لها، لمجرد أن يثير القراء ويحبس أنفاسهم، ثم يحوز هو كل الشهرة والثراء.. ولهذا فقد قررت ليلة أمس أن أتحول أنا إلى شخصية حقيقية، وأتركه هو لعالم الخيال، وصراعاته اللانهائية.

كان يتحدث تمامًا كما يصفه زوجها في رواياته، وأدركت هي لماذا بدت لها ملامحه مألوفة! لأنها نفس الملامح التي يصفها زوجها دومًا، ولكنها لم تصدق أبدًا ما تسمعه أذناها، فالتقطت سماعة الهاتف، وهي تقول في حزم:

- سأتصل بالشرطة.

هز الرجل كتفيه في لا مبالاة، وهو يقول:

- كما يحلو لك.

أدهشها أنه لم يحاول حتى اعتراضها، فأسرعت تطلب رقم الشرطة، وهي تردد في ذهول:

- مستحيل!!.. هذا حلم.. حتمًا هو حلم..

***

أغلق (قدري) عينيه طويلاً، وحاول أن يجبر نفسه على النوم، أو على الاقتناع بأنه يعيش حلمًا، إلا أنه عجز عن هذا تمامًا، فملمس الفراش الخشن، والصمت الرهيب المحيط به، كانا يؤكدان أنه يعيش حقيقة.. لذا فقد عاد يجلس على الفراش، ويدير عينيه فيما حوله، مغمغمًا:

- ولكن هذا مستحيل!!

غادر الفراش القريب من الأرض، وراح يدور في الحجرة الواسعة في دهشة لا حد لها..

كل شيء كما وصفه في رواياته تمامًا..

إنها حجرة (عدنان الرهيب) ولا شك..

ولكن كيف حدث هذا؟..

كيف أصبحت هذه الحجرة حقيقة؟..

كيف انتقل هو إليها؟!..

لم يستغرق وقتًا طويلاً ليستسلم لواقع الأمر، فهو على عكس زوجته يمتلك عقلية قادرة على استيعاب أصعب الأمور وأكثرها خيالاً..

ولقد خلع منامته، وارتدى حلة (عدنان الرهيب)، ومعطفه المضاد للمطر، ثم وقف أمام خزانة الأسلحة يقول لنفسه:

- إنه نفس الموقف الذي تركت عليه (عدنان الرهيب)، في نهاية الفصل الذي كتبته أمس.. كان قد استيقظ على التو، وارتدى ثيابه، ووقف أمام خزانة أسلحته، ينتقي لنفسه مسدسًا جيدًا، عندما سمع صوت سيارة تتوقف، ويغادرها (قباري) القاتل، و...

قبل أن يتم عبارته، تناهى إلى مسامعه صوت سيارة تتوقف، فأسرع إلى نافذة الحجرة، ورأى أمامه فراغًا هائلاً بلا نهاية، وسيارة تقف أمام المنزل،

ويغادرها رجل بالغ الضخامة، شرس الملامح، يحمل مدفعًا رشاشًا، وينطلق نحو المنزل في وحشية رهيبة...

وتراجع (قدري) في رعب، وهو يهتف:

- لا.. لا.. هذا حلم.. حلم بالتأكيد..

***

حدق رائد الشرطة في وجه (عدنان)، وهو يقول:

- إذن فأنت شخصية روائية، قفزت إلى عالم الخيال.

أجابه (عدنان) في هدوء:

- هذا حقيقي.. لقد تبادلت الأماكن مع (قدري)، و...

صاح به الرائد في غضب:

- إما أنك مجنون؟ أو تحاول إصابتي بالجنون؟

أجابه (عدنان) في صرامة:

- لا هذا ولا ذاك.. إنني أخبرك بالحقيقة فحسب.

صرخ الرائد في عنف:

- أية حقيقة؟!

وهتف (نهلة):

- هذا الرجل محتال رهيب.. لقد اختطف زوجي ويريد أن يحل محله.

قال الرائد، وهو يتطلع إلى وجه (عدنان) في صرامة:

- بالتأكيد يا سيدتي.. بالتأكيد.

ثم التفت إلى جندي مصاحب له، واستطرد:

- خذ بصماته، وآتني بصحيفة سوابقه كلها.

ضحك (عدنان) ثم قال في سخرية:

- بصماتي؟؟ ليست لي أية بصمات.

ثم رفع كفيه المفرودتين في مواجهة الرائد، الذي حدق في أطراف الأصابع في ذهول، وهتف:

- ولكن هذا مستحيل!!.. أصابعك لا تحمل أية بصمات بالفعل.. لا يوجد بشرى كهذا.

أعاد (عدنان) كفيه إلى جواره، وهو يهز رأسه مبتسمًا، ويقول في بساطة:

- وما ذنبي أنا.. (قدري) هو المسئول.. هو ابتكرني، ولم يحتج يومًا إلى بصماتي، فلم يمنحني إياها أبدًا.. إنها مسئوليته هو..

تراجع الرائد في ذهول، وهو يردد:

- مستحيل!! إنك لست بشريًا، أو أن كل هذا مجرد حلم.. حلم سخيف.

***

شعر (قدري) برعب هائل، وهو يسمع وقع أقدام (قباري)، الذي يصعد إلى منزله بجسده الضخم، واندفع نحو خزانة الأسلحة، وهو يهتف في توتر بالغ:

- ماذا كان (عدنان) سيفعل، لو أنه في مكاني الآن؟.. ربما كان سيختار مسدسًا ضخمًا كهذا.. (ماجنوم ٤٤)..

تناول المسدس الضخم من خزانة الأسلحة، ثم تراجع نحو باب خلفي، وهو يقول:

- ولكنني لست (عدنان الرهيب) ؛ لذا فالوسيلة المثلى أمامي هي.....

قبل أن يتم عبارته، هوت رصاصات مدفع (قباري) الآلي على رتاج باب الحجرة، فصاح (قدري) مكملاً:

- في الفرار..

دفع الباب الخلفي، وانطلق بعدو بكل قوته صاعدًا إلى السطح، ومن خلفه سمع وقع أقدام (قباري) الثقيلة، فهتف في رعب:

- لا.. لا ينبغي أن يلحق بي.. سيقتلني لو فعل.. لست أملك مهارة (عدنان) ولا قوته.. إنني مجرد شخص عادي.

بلغ سطح المنزل، وبدا له المشهد رهيبًا، والمنزل يسبح كله وسط فراغ لانهائي مخيف، وراح يبحث عن مخرج، حتى سمع صوت (قباري) من خلفه يقول في وحشية:

- لقد وقعت أخيرا يا (عدنان).

التفت إليه في رعب، وهو يهتف:

- لا.. لست (عدنان).. أنا (قدري)..
أنا...

قاطعه (قباري) بضحكة وحشية رهيبة، وهو يقول:

- لا فائدة.. لقد وقعت أخيرًا في يدي.. لا فائدة.

وصوب فوهة مدفعه الآلي نحو (قدري)، الذي صرخ في رعب:

- لا.. لا تطلق النار..

ولكن (قباري) ضغط زناد يدفعه الآلي..

واختلطت ضحكته الوحشية بدوي الرصاصات..

***

ظل رائد الشرطة يحدق في وجه (عدنان) طويلاً، قبل أن يغمغم في اضطراب ملحوظ:

- من أنت؟

أجابه (عدنان) في هدوء:
- قلت لكم من قبل إن اسمي هو (عدنان الرهيب).
هتفت (نهلة):
- مستحيل!
ثم اتجهت إليه، وقالت في توسل:
- لو انك هو حقًا، فأعد إلى زوجي.
تطلع (عدنان) إلى عينيها، مغمغمًا:
- ولكن يا سيدتي، إنها فرصتي الوحيدة لولوج عالم الحقيقية، و..
قاطعته في ضراعة:
- لم يكن (عدنان) الحقيقي ليتخلى عن سيدة في محنة كمحنتي... أعد إلى
زوجي.. أرجوك.
تردد (عدنان) لحظة، ثم قال في حزم:
- لا بأس.. سأعيده.
سأله الضابط في ذهول:
- وكيف ستفعل؟
أجابه (عدنان) في برود:
- بنفس الوسيلة.. عبر عالم الأحلام.
واتجه في هدوء إلى حجرة النوم، وهو يقول ل (نهلة):
- وداعًا يا سيدتي.. كان من الممتع حقًا أن أعيش في عالم الحقيقة.
اتجه نحو الفراش، ورقد فوقه، واخفي جسده كله بالغطاء، فغمغم الرائد في
توتر:
- يبدو أننا نعيش حلمًا مزعجًا.
هتف به أحد جنوده في رعب، وهو يشير إلى الفراش:
- انظر يا سيدي.. الغطاء يتبدل، كما لو أن هناك جسدًا آخر يحل محل جسد
الرجل الذي رقد تحته منذ لحظات.
اتسعت عينا الرائد، وهو يهتف ذاهلاً:
- لكن هذا مستحيل!.. مستحيل تماماً!!
وهتفت (نهلة):
- زوجي.. لقد عاد..
واندفعت في لهفة نحو الفراش، وجذبت الغطاء عن الجسد الراقد فوقه، ثم
اتسعت عيناها في رعب، وأطلقت صرخة هائلة..
لقد عاد إليها زوجها..

عاد جثة هامدة، اخترقتها عشر رصاصات..

رصاصات المجرم (قباري)..

وراحت (نهلة) تصرخ في انهيار تام وسط ذهول الرائد وجنوده:

- لا.. هذا حلم.. حلم.. حلم....

ولكنها لم تستيقظ منه أبداً..

***

أصل الشر

ابتسمت (هدى) ابتسامة واسعة، وهي تتطلع إلى وجهها في المرآة، وإلى فستان الزفاف الأبيض الذي ترتديه، وأسبلت جفنيها في نشوة، وهي لا تصدق أنها قد صارت زوجة لابن عمها (وحيد)، على الرغم من كل ما حدث..

إنها تحب (وحيد) منذ صباهما..

منذ لمس قلباهما الحب ومشاعره لأول مرة..

وكان ينبغي أن يتزوجا بعد تخرجهما، لولا أن ظهر (لطفي)..

كانت قد تفتحت كزهرة يانعة، وألهب جمالها القلوب، وأذاب سحرها الأفئدة، وكانت تنعم بكل لحظة تقضيها برفقة حبيبها (وحيد).. ولكنها فوجئت ذات يوم، عند عودتها إلى المنزل، بوالدتها تطلق زغرودة قوية، وتضمها إلى صدرها، ثم تعلمها بخطبتها إلى (لطفي)، رجل الأعمال الثري، الذي يكبرها بعشرين عامًا دفعة واحدة..

أيامها بكت، واعترضت، وقاومت..

ولكن بلا فائدة..

لقد انهزم حب (وحيد) لها، أمام ثراء (لطفي).. وانكمش (وحيد) بحبه وفقره.. مع حفل زفافها إلى (لطفي)..

ولكن هذا لم يكن العذاب كله..

لقد بدأ العذاب الحقيقي بعد زواجها من (لطفي)، حينما اكتشفت أنه شخص سادي حقير، يتلذذ بتعذيب الآخرين وإيلامهم..

ومعه عاشت من العذاب والهوان صنوفًا، حتى أتى يوم، خسر فيه كل ثروته بضربة واحدة، وطارده رجال الضرائب والديانة، وضيقوا عليه الخناق، فأصابته أزمة قلبية، و...

ومات..

وفي الحادية والعشرين، وجدت (هدى) نفسها أرملة..

وكعادته، لم يترك لها (لطفي) قرشًا واحدًا..

تركها للعذاب والهوان والفقر..

لولا (وحيد)..

لقد أستثمر (وحيد) أحزانه في عمله، وحقق من ذلك نجاحًا رائعًا، وصار ثريًا شهيرًا محبوبًا..

ومع وفاة (لطفي)، هرع إليها (وحيد)، وتجدد الحب، و...
وتزوجا..

والليلة ليلة زفافهما..

اتسعت إبتسامتها كثيرًا، وهي تنتظره في شوق، بعد أن أصر رفاقه
وأصدقاؤه على الاحتفال به وحدهم، قبل أن يصعد إليها في حجرتها، في
ذلك الفندق الفاخر..

وفجأة تلاشت إبتسامتها، وحلت محلها نظرة هلع.. لقد بدا من خلفها – في
المرآة – آخر شخص تتوقع أو تتصور رؤيته في هذه اللحظة..

زوجها.. (لطفي)..

✿ ✿ ✿

- كيف حالك يا (هدى)؟.. لم تكوني تتوقعين رؤيتي الليلة.. أليس كذلك؟

خيل إليها أن ذلك الصوت، الذي خرج من بين شفتيها شاحبًا مرتجفًا، لم
يمت بصلة لصوتها الحقيقي، وهي تقول:

- من أنت؟!

جلس في هدوء على المقعد المواجه لها، وقال وهو يبتسم تلك الابتسامة
المقيتة، التي أبغضتها أشد البغض أيام زواجه بها:

- من أنا؟!؟.. يا له من سؤال!.. أنسيت زوجك العزيز بهذه السرعة؟

التصقت بمقعدها، وبدا جسدها يرتجف في قوة، وهي تقول:

- أنت شبح.. شبح.

أطلق ضحة ساخرة، وقال:

- شبح؟!.. أتتصورين أنني مجرد شبح، يكفي إطلاق النار على قلبه ليتلاشى
مع رائحة البارود، كما يظن أهل الريف؟.. لا يا عزيزتي.. إنني رجل حي..
من لحم ودم..

هتفت ذاهلة:

- مستحيل!.. لقد وقع الأطباء شهادة وفاتك، وتم دفنك رسميًا، و...

قاطعها ساخرًا:

- وهل رأيت جثتي بنفسك؟

غمغمت:

- لا.. ولكن..

قاطعها مرة أخرى في زهو:

- كانت خطة بارعة محكمة في الواقع.. كنت قد خسرت معظم ثروتي، أو كلها تقريبًا، والضرائب تطالبني بما تبقى منها، لعدم دفعي أية ضرائب طيلة عمري.. وكان الحل الوحيد هو أن أموت؛ لذا فقد تظاهرت بالإصابة بأزمة قلبية، ونال الطبيب الذي وقع شهادة الوفاة مبلغًا كبيرً ليفعل.. ثم أبتعت من الحانوتي جثة حديثة، انتزعها من قبر جديد، وتم دفنها باسمي، في مقبرتي.. في حين اتخذت أنا اسمًا جديدًا، واستخرجت أوراقًا مزورة، وعدت أمارس التجارة بما تبقى لي من الأموال، حتى صرت مليونيرًا في هذا الزمن القياسي.

انهارت مشاعرها، وهي تردد:

- مستحيل!!.. مستحيل!!.

ثم بدت أشبه بنمرة شرسة، وهي تستطرد:

- ولماذا عدت؟.. لماذا تعلن لي عن ذلك، في هذه الليلة بالذات؟

لوح بكفه، قائلًا:

- لأمنع حدوث جريمة.

هتفت في مرارة:

- أية جريمة؟

استرخى في مقعده، قائلًا في شماتة واضحة:

- جريمة زواجك من آخر، وزوجك على قيد الحياة.

حدقت في وجهه لحظة في ذهول، ثم صرخت:

- ماذا تريد مني؟.. لماذا تصر على تحطيمي؟

برقت عيناه في جذل، وهو يقول:

- أنت زوجتي شرعًا وقانونًا.

هتفت:

- لا.. أنت رجل ميت.. القانون يقول أنك رجل ميت، وإنني أرملة أستوفت عدتها، ومن حقي أن أتزوج (وحيد).

ابتسم في شماتة، قائلًا:

- وماذا عن الشرع؟!.. أنت زوجتي، سواء وافق القانون على ذلك أم رفضه، وزواجك ب (وحيد) الآن يعتبر زنا.. أتقبلين العيش معه على هذا النحو؟

اخترقت الحقيقة قلبها كخنجر مسموم، فتفجرت الدموع من عينيها، وهي تهتف:

- ماذا تريد مني؟

نهض وعيناه تبرقان ببريق جذل شامت، وقال:

- لا شئ.. فقط أريدك لي وحدي.
اتجه نحو الباب في هدوء، وهي تصرخ:
- أنت وحش سادي مجنون.. أنت تستمع بعذاب البشر.
وفي أعماقها صرخت كل مشاعرها..
- لا..
لن يحطم هذا الرجل حياتها مرة أخرى..
لن ينتزعها من حلمها، بعد أن صار قيد خطوات منها..
وفجأة برقت في رأسها فكرة..
(لطفي) رجل ميت..
ميت قانونيًا..
وفجأة اندفعت نحو تحفة نحاسية ثقيلة، وحملتها، وهوت بها على رأس (لطفي)، و...
وسقط (لطفي) محطم الرأس..
وتراجعت هي في ذعر..
لقد قتلته..
قتلت الشبح الذي عاد ليحطم حياتها..
والآن ماذا تفعل؟..
كيف تواجه الأمر؟..
أدرات الأحتمالات كلها في رأسها، ثم أستقر رأيها على أمر واحد..
ستواجه (وحيد) بالحقيقية..
ستقص عليه القصة كلها..
ومعًا سيتعاونان على إخفاء الجثة..
لن يقف أي شئ في طريقهما..
وفجأة أنطلقت من خلفها ضحكة ساخرة..
ضحكت ميزت صوتها جيدًا، وأدركت من هو صاحبها.. وتجمدت لها الدماء في عروقها، وجحظت لها عيناها، وهما تحدقان في جثة (لطفي) أمامها..
كان يرقد جثة هامدة أمام عينيها، وضحكته تنطلق ساخرة خلفها..
وفي بطء، أدارت عينيها إلى مصدر الضحكة..
ثم تراجعت كالمصعوقة..
لقد كان هذه المرة أيضًا..
كان (لطفي)..

✿✿✿

الأمر كله بدا لها أشبه بكابوس رهيب مخيف..

كابوس أصر أن يهاجمها في شراسة، في ليلة زفافها..

وعندما أعادت عينيها إلى حيث كانت جثة (لطفي)، كان كل شئ قد أختفى..

الدماء والجثة..

كل شئ..

وكان (لطفي) يجلس أمامها مبتسمًا في شماتة وسخرية، ويقول:

- تجربة رائعة.. إذن فأنت مستعدة حقًا لقتلي، من أجل (وحيد)..

تمتمت في رعب:

- إذن فأنت.. أنت..

قاطعها في سخرية:

شبح.. نعم.. بالتأكيد.. هل صدقت قصة الموت المزيف هذه.. لقد مت بالفعل يا عزيزتي، وأنا الآن مجرد شبح.. عفريت كما يقول العامة.

بكت في مرارة، وهي تقول:

- وماذا تريد؟

نهض قائلًا:

- لاشئ.. لقد أتيت لأدمر حياتك فحسب، فمن تتزوجني لا يحق لها أن تتزوج غيري.. حتى بعد وفاتي.

هتفت في إنهيار:

- ألم يبدلك الموت!!.. ألم يهزم روحك السادية الشريرة؟

ابتسم في سخرية وشماتة وتلذذ، وهو يتجه نحو الباب، قائلًا:

- إلى اللقاء يا عزيزتي.. سأحضر كل ليلة لرؤيتك. انتظريني.. كل ليلة.

لم تحتمل أعصابها هذه المرة.

سيأتي شبحه كل ليلة..

لا.. مستحيل!!..

سيدمر حياتها حتى بعد وفاته..

وفجأة تذكرت عبارته..

"رصاصة في قلبه، ورائحة بارود يخفيانه إلى الأبد.."

وفي حزم، قفزت إلى حقيبة (وحيد)، والتقطت منها مسدسه المرخص، وصرخت وهي تصوبه إلى قلب زوجها السابق:

- لا.. لن تحطم حياتي أبدًا.

وأطلقت النار على قلبه، وفي نفس اللحظة التي فتح فيها الباب..

واتسعت عيناها في رعب وذهول..

لقد اخترقت الرصاصة جسد الشبح الشفاف، ثم أستقرت في قلب (وحيد)، الذي فتح الباب من الخارج في اللحظة ذاتها..

وتراجع شبح (لطفي) في هدوء، وترك (وحيد) يحدق في وجه (هدى) في ألم وذهول، قبل أن يسقط جثة هامدة، على عتبة باب حجرة الزفاف..

وصرخت (هدى):

..لا يا (وحيد).. لا..

وعندما اندفعت نحو جثة زوجها، كان شبح (لطفي) يتلاشى، دون أن تختفي من شفتيه تلك الابتسامة الشامتة الشريرة..

ابتسامة شبح..

شبح يجسد أصل الشر..

فخ مصر

كان لقاؤنا عجيبًا كالمعتاد..

كنت أهم بركوب سيارتي، بعد أن ودعت منذ لحظات صديق عزيز، حملته الطائرة إلى واحدة من بلدان النفط، عندما لمحت أمجد، وهو يهم بركوب سيارته، التي تجاور سيارتي، في ساحة الانتظار الضخمة، بميناء القاهرة الجوي، فوجدت نفسي أهتف بكل اللهفة والسعادة:

- أمجد!.. يا لها من مصادفة!

رفع الرجل عينيه إلي في حيرة، وبدا لحظات وكأنني قد أيقظته من شرود عميق، قبل أن يهتف في حرارة:

- أنت؟!.. يا لها من مفاجأة!

تعانقنا في حرارة، بكل شوق ولهفة اللقاء، بعد غياب دام أكثر من عشرين عامًا، منذ غادر أمجد مصر لآخر مرة، في طريقه للعمل في ألمانيا، التي أستقر فيها طيلة هذه الأعوام، دون أن نلتقي مرة أخرى.. وإن كنت قد تابعت أخباره، وعلمت أنه قد أنجب شابا وفتاة، من زوجته الألمانية، لهما نفس تلك الملامح الألمانية الجميلة، التي تختلف كثيرًا عن ملامحنا المصرية المعروفة..

وبكل الحرارة، سألته:

- كيف حالك يا رجل؟.. متى عدت؟.. وما الذي تفعله هنا؟

أطلق من أعماق صدره زفرة حارة، وهو يقول:

كنت أودع ابني منير، وهو في طريق عودته إلى ألمانيا.

أنبأني زفرته وملامحه أنه يعاني توترًا شديدًا، فقلت في إهتمام:

- ألمح قصة مثيرة، خلف هذا الأنفعال.

ابتسم ابتسامة باهتة، وهو يقول:

- آه.. نسيت أنك كاتب قصصي، ولكنني أراهنك أن قصتي ستثير سخط ودهشة قرائك، وأنهم سيتهمونك بالمبالغة الشديدة، لو كتبتها كما حدثت تمامًا.

أثارت عبارته فضولي في شدة، فقلت:

- أظنك لن تبخل برواية قصتك على مسامعي.

أطلق زفرة حارة أخرى، وقال:

- على العكس.. إنني أحتاج إلى من أقص قصتي على مسامعه.

تركنا سيارتنا في موقف سيارات المطار، وأصطحبته إلى (كافيتيريا) المطار، حيث بدأ يروي:

ـ مشكلتي هي أن لي ولدًا نصف ألماني، يبلغ من العمر ثمانية عشر عامًا، لم يزر مصر سوى مرة واحدة قبل هذه المرة، وكان ـ آنذاك ـ في الثالثة عشرة من عمره، وكنت قد أستخرجت له جواز سفر مصري، من سفارتنا في ألمانيا وقضى هنا إجازة ممتعة، عاد بعدها إلى ألمانيا سعيدًا راضيًا.

سألته في حيرة:

ـ وما المشكلة في هذا؟

أكمل في توتر:

ـ المشكلة نشأت في زيارته هذه المرة، بعد خمسة أعوام من زيارته الأولى، فلقد أراد أبني منير، الذي يعجز تمامًا عن التحدث بالعربية، أن يزور مصر مع صديق له، في أثناء وجودي هنا في إجازة طويلة.. وأراد أن يز هو بكونه مصريًا، فحضر إلى هنا بجواز سفره المصري، على الرغم من أنه يملك جوازًا ألمانيًا.. وحضر معه زميله الألماني بجواز سفر ألماني بالطبع.. ولم يكد الإثنان يصلان إلى القاهرة حتى بدأت مشكلة منير.

أزدرد لعابه في صعوبة، وتابع في إنفعال:

ـ لقد أنهى صديقه الألماني إجراءاته في دقائق معدودة، وبقى منير ساعة كاملة، ورجال الأمن يرمقونه بنظرات الشك، ويستجوبونه على نحو عنيف، وقد استنكروا تمامًا جهله باللغة العربية، وهو يحمل جواز سفر مصري، واسم عربي تمامًا.

قلت في خفوت:

ـ أعتقد أن هذا حقهم.

رمقني بنظرة حادة، وقال:

ـ ربما.. المهم أنهم في النهاية قد سمحوا له بالدخول، بعد أن حذروه من أن تاريخ جواز سفره قد انتهى، وأنه من الضروري أن يحصل على جواز سفر جديد، حتى يمكنه العودة إلى ألمانيا.. حيث أنه من المحتم أن يسافر بجواز سفر مصري، مادام قد دخل إلى البلاد بواسطة جواز سفر مصري.. وتصور هو أن استخراج جواز السفر أمر بسيط، مادام يحمل رسميًا الجنسية المصرية، بحكم كونه أبني، وأخبرني بكل بساطة بالأمر، مع ضرورة عودته إلى ألمانيا خلال أسبوع واحد، حيث سيبدأ فصله الدراسي الجديد.

زفر مرة ثالثة بحرارة أكثر، وهو يضيف:

ـ وهنا بدأت المشكلة الحقيقية.

اعتدلت أسأله في إهتمام حقيقي.

- لماذا؟.. ماذا حدث؟

قال ومرارة الأيام السابقة لا تزال تملأ حلقه وكلماته:

- ذهبت لاستخراج جواز سفر جديد ل منير، فأخبروني أن الأوراق المطلوبة تتضمن تحديد موقفه من التجنيد الإجباري، حيث إنه قد تجاوز أعوامه الثمانية عشرة، وأرسلوني إلى قسم الشرطة لاستخراج ما يثبت موقفه من التجنيد.. فأخبرني الموظف المختص هناك أنه لن يمكننا تحديد موقفه من التجنيد؛ لأنه لم يسجل ضمن مواليد الناحية، ولم يحن دوره للخضوع للكشف الطبي في منطقة التجنيد بعد، ولم تستخرج له حتى بطاقة طلب التجنيد البيضاء.

سألته في لهفة:

- وماذا فعلت؟

قال في توتر:

- لجأت إلى أحد معارفي، من أصدقاء وزير الدفاع، وحصلنا من الوزير مشكورًا على أمر باستثناء منير من موعد الكشف الطبي التقليدي، واستخرجنا له بطاقة بيضاء إستثنائية، وتصورت أن المشكلة قد انتهت.. فأسرعت عائدًا إلى موظف التجنيد بالقسم، ولكنه أخبرني أنه مادام منير وحيد والديه، فسنحتاج إلى استمارة خاصة تثبت ذلك، على أن يقوم بتوقيعها شيخ الحارة.

قلت في دهشة:

- شيخ الحارة؟! أما زال لدينا شيوخ حارات؟ لقد كان هذا ضروريًا في الماضي، عندما لم يكن هناك الكثيرون ممن يحملون بطاقات هوية شخصية، وكان الأمر يحتاج إلى شيخ الحارة، لتعرف الأشخاص، ولكنني كنت أظن أنه لم تعد هناك حاجة لوجوده، ونحن على مشارف القرن الحادي والعشرين.

مط شفتيه، قائلًا:

- أنا أيضًا كنت اتصور هذا، حتى أنني لم أفهم في البداية ما يقصده موظف التجنيد هذا، وحتى بعد أن فهمت، عجزت تمامًا عن ترجمة منصب (شيخ الحارة) هذا لأبني منير فلا يوجد شبيه لهذه المهنة العجيبة في العالم كله.

أبتسمت على الرغم مني، وأنا أتصور محاولة شرح وظيفية (شيخ الحارة)، لشاب يدرس الحساب بالكمبيوتر في ألمانيا، وقلت:

- وكيف تجاوزت هذه العقبة؟

قال في ضيق:
- بحثنا عن شيخ الحارة هذا، حتى عثرنا عليه في صعوبة، وأخبرنا الرجل أننا نحتاج إلى ما يسمى بكشف العائلة، وهو عبارة عن وثيقة تثبت أن منير وحيد والديه، وأن هذا يمنحه الحق في الإعفاء من التجنيد الإجباري مؤقتًا.. وأسرعت أبتاع إستمارة كشف العائلة هذه من مكتب البريد، ولكن واجهتنا عقبة رهيبة.
سألته:
- ماهي؟
قال بصوت أقرب إلى البكاء:
- لابد أن تتطابق بيانات الإستمارة مع البيانات المدونة بالسجل المدني.. وهذا يتطلب أن تكون لنا بيانات أسرية مسجلة بالسجل المدني، على الرغم من أننا نقيم طيلة عمرنا في ألمانيا.
وزفر مرة أخرى، مردفًا:
- وكان من المحتم أن أستخرج أنا بطاقة عائلية، لتكون لنا بيانات أسرية في السجل المدني، يمكن مطابقتها بما سيدون بإستمارة كشف العائلة..
ضحكت على الرغم مني، وأنا أقول:
- وماذا حدث؟
أبتسم في مرارة، قائلًا:
- استخرجت بطاقة عائلية، وذهبنا إلى شيخ الحارة مرة أخرى، فأعد لنا إستمارة كشف العائلة، وأسرعنا بها إلى منطقة التجنيد، مع الاستثناء الوزاري الخاص، ليتم توقيع الكشف الطبي على منير.. ونجحنا في إجتياز هذه العقبة بحمد الله.. وحصلنا على شهادة الإعفاء المؤقت من التجنيد، وأسرعنا نستخرج جواز السفر ل منير، ووجدنا له مكانًا على طائرة الليلة لحسن الحظ، حيث سيبدأ فصله الدراسي صباح الغد.
قلت مبتسمًا في ارتياح:
- حمد لله.
لوح بيده قائلًا.
- ولكن القصة لم تنته بعد.
سألته في دهشة:
- كيف؟.. ألم تقل إنكم قد انهيتم كل شئ.
قال في مرارة:

ـ هذا ما تصورناه، ولكن أحدهم أخبرني صباح اليوم فقط أنه من الضروري أن نحصل على إذن من مكتب التنظيم والإدارة، للسماح ل منير بالسفر، حتى ولو كان يحمل شهادة إعفاء مؤقت من التجنيد.. وأسرعت مع منير إلى مكتب التنظيم والإدارة، وواجهتنا كالمعتاد نظرات الشك والريبة، مع ملامح منير الألمانية، وجهله التام باللغة العربية.. ولكنهم منحونا إذن السفر، وقبل أن نتسلمه في لهفة، أصر الجندي المسئول على أن يوقع منير بالاستلام، باللغة العربية.. وحاولت أن اقنعه بأن هذا مستحيل؛ لأن منير يجهل العربية تمامًا، إلا أنه أصر بكل صلابه وصرامة.

قلت في حيرة:

ـ وكيف تجاوزت هذه العقبة؟

قال في حدة:

ـ كتبت ل منير أسمه الكامل بالعربية، وطلبت منه أن يرسمه كما هو، في خانة التوقيع، وفعل منير هذا، وهو يكاد يبكي غيظًا، لذلك التعقيد الشديد في الإجراءات والخطوات، وحمل تصريح السفر، وبدا شديد العصبية، يتعجل موعد السفر، حتى وصلنا إلى المطار.

قلت في لهفة.

ـ وسافر.

زفر للمرة الألف، قائلًا:

ـ بعد غياب طويل، فلقد أستوقفه رجال الأمن طويلًا، وراحوا يفحصون جواز سفره عشرات المرات، ويستجوبونه في عنف، وحجتهم هذه المرة مثيرة للحنق والسخرية معًا.

سألته في لهفة:

ـ ما هي؟

ضرب سطح المنضدة براحتيه، وهو يقول في حدة:

ـ حجتهم هذه المرة، هي أنه من المستحيل ـ في مصر ـ أن تتخذ كل هذه الإجراءات في أسبوع واحد، وأن نجاحنا في هذا يجعل الأمر مثير للشك.. ولك أن تتصور دهشة منير أمام هذا المنطق، وهو الذي يعلم أن استخراج جواز السفر في ألمانيا لا يستغرق أكثر من بضع ساعات، مهما بلغت مشكلة استخراجه.

وأكتست ملامحه بمرارة شديدة، وهو يستطرد:

ـ وأكثر ما يؤلمني في هذا عبارة منير الأخيرة، قبل أن يستقل الطائرة، فلقد أخبرني أنه ـ مع أحترامه لي ـ لن يطأ أرض مصر بقدميه، ما بقى له من

العمر. لقد ندم منير على دخول مصر بجوازه المصري، وكان يحسد زميله الألماني على معاملة الكل له.. لقد ظهر الفرق بينهما حين غادرا، لقد كان منير كئيبًا حزينًا، في حين أن صديقه كان نشيطًا ومرحًا طوال الوقت..

افترقنا بعد أن أفرغ أمجد قصته وتوتره في أذني، وتركني أحمل في عقلي تساؤلات شتى حول هذا الموقف..

من المسئول عن كل هذا؟..

أهي تعقيدات الروتين في مصر؟..

أهي البيروقراطية، أم هو تقصير أمجد في تعليم ابنه لغة البلد الذي يحمل جنسيته؟؟..

أهي مشكلة الإدارة في مصر، أم مشكلة الانتماء المزدوج في أعماق منير؟

صدقوني، لم أجد جوابًا شافيًا حتى هذه اللحظة..

هل أجده لديكم؟..

الانفجار الكبير

تراخيت في ارتياح، على المقعد المجاور للسائق، في تلك السيارة التي استأجرتها خصيصًا للقيام بآخر زيارة لقطعة الأرض الصغيرة، التي ورثتها عن عمي، في منطقة (حلوان)..

سنوات وأنا أنتظر هذه اللحظة، منذ وفاة عمي، وقيام أعمامي الآخرون برفع قضية لسلبي حقي من الميراث..

سنوات وأنا أنتظر وحدي..

لا.. كان معي الفقر..

كنت فقيرًا، استدين أتعاب ذلك المحامي الشره، الذي يتابع القضية منذ ثلاث سنوات، وأحيانا أنا على أقل القليل من القوت والمتع، انتظارًا لحكم المحكمة..

وحكمت المحكمة أخيرًا..

وأصبحت أمتلك قطعة الأرض رسميًا..

واليوم لم أعد أمتلكها..

لقد بعتها بمبلغ ضخم؛ لأنها تطل على النيل، في منطقة سكنية رائعة، وهانذا أحمل ثمنها في حقيبتي، لأبدأ حياة اللهو والسعادة..

وفجأة لمحت المرصد..

مرصد (حلوان)، حيث يعمل ابن خالتي (عصام)، خريج كلية العلوم.

قلت للسائق وأنا أشير بيميني إلى المرصد:

- توقف هنا.. عند المرصد.

استجاب السائق لي في بساطة، فقفزت خارج السيارة، وأنا أمسك حقيبة النقود في إحكام، وطلبت من السائق أن ينتظرني، وأسرعت إلى ابن خالتي، وأنا أتساءل عن سر شوقي الشديد لرؤيته، في هذه اللحظة بالذات..

ربما كنت أحب أن أطلعه على الأمر؛ ليعلم أنني لم أعد فقيرًا..

أو أنه زهو الفوز فحسب..

ولقد استقبلني (عصام) هذه المرة بابتسامة باهتة، وبقلق ملحوظ، وهو يجلس أمام ذلك المرصد الهائل، على نحو جعلني أهتف مستنكرا:

- هل تحب أن أنصرف؟

هتف بدوره:

- لا.. صدقني.. لم أقصد ذلك.. لقد كنت مشغولًا فحسب.

سألته ساخرًا:

- لماذا؟ أهي نهاية الكون؟
شحب وجهه، وهو يحدق في وجهي مذهولًا، قبل أن يغمغم في شحوب:
- كيف عرفت؟
ألقيت جسدي على المقعد المواجه له، وحدقت في وجهه بدوري، قبل أن أسأله في بلاهة:
- ماذا عرفت؟
مال نحوي، مغمغمًا في توتر عظيم:
- إنها نهاية الكون.
- ظللت أحدق في وجهه مذهولًا، وقد فقدت القدرة على النطق، في حين اعتدل هو، وأطلق من أعمق أعماق صدره زفرة هائلة، قبل أن يقول:
- يا لك من مسكين يا بن خالتي العزيز!! ألا تعلم أن هذا الكون كله كان في البداية كتلة واحدة، قبل أن يحدث ما نطلق عليه اسم الانفجار الكبير؟
هززت رأسي نفيًا بنفس البلاهة،
فاستطرد في إشفاق العالم على الجهلاء:
- لقد حدث هذا منذ بلايين السنين، ومن يومها والكون كله يتمدد، ويتسع، ويتباعد بأثر الانفجار، ومن ذرات الانفجار تتكون المجرات والنجوم، والمجموعات الشمسية والكواكب، والكون يزداد تمددًا وتباعدًا بلا توقف.
وزفر مرة أخرى، قبل أن يستطرد:
- حتى حدث ما كنا نخشاه جميعًا.
حاولت أن أسأله عما يعنيه، ولكن شفتي لم تنفرجا، ولم يخرج من بينهما لفظ واحد، فيما تابع هو:
- لقد كشفنا من رصدنا لمواقع المجرات البعيدة، منذ شهر كامل، أن هذه ظاهرة التمدد قد توقفت.. أتعلم ما يعنيه هذا؟
هززت رأسي نفيا، فأضاف:
- يعني أن التمدد قد انتهى، وحانت لحظة رد الفعل.
نطق الجملة الأخيرة في صوت رهيب، جعلني أردد في خوف مبهم:
- رد الفعل؟!
مال نحوي ولوح بكفيه في انفعال، وهو يقول:
- نعم.. رد الفعل.. سيبدأ الكون مرحلة التقلص..
كل المجرات سيرتطم بعضها ببعض، كل النجوم ستنفجر.
وكل الكواكب ستنسحق، وتتحول بما عليها ومن عليها إلى غبار.. سينهار الكون كله دفعة واحدة.. إنه يوم القيامة ولا شك..

اتسعت عيناي في رعب هائل..

يوم القيامة؟!

الآن؟!..

يا لي من سيء الحظ!!..

أحيا عمري كله في فقر مدقع، وعندما تأتيني الأموال، يأتي معها يوم القيامة!!..

يا للهول!..

لن أستمتع أبدًا بالثراء..

لن أنعم برغد العيش أبدًا..

ولكن مهلا..

لقد رصدوا هذه الظاهرة منذ شهر، وربما كانت هناك أيام باقية..

سأنفق نقودي عن آخرها في هذه الأيام الباقية، قبل أن تحين الساعة..

سأحيا في رغد ولو أسبوعًا واحدًا..

وفي اهتمام بالغ سألته:

- ومتى يا (عصام)؟ متى سيحدث هذا؟

تراجع في انفعال، وأطلق من أعماق صدره زفرة أخرى، قبل أن يجيب في يأس:

- لن يتأخر هذا كثيرًا للأسف.

تهاوى الأمل في أعماقي، ثم لم يلبث أن استحال فجأة إلى غضب عارم، عندما أضاف في مرارة:

- بليوني عام على الأكثر.

تركت قبضتي علامة واضحة على أنف ووجه (عصام)..

وكنت حينما أراه أسأله أيهما أقرب، نهاية العالم أم التئام جروح وجهك الناتجة عن قبضتي...

الخنصر المقطوع

ارتجفت بحق، وأنا أخطو داخل حجرة مدير تلك الشركة الكبرى التي ذاع صيتها في مصر كلها، والتي أعلنت منذ يوم واحد عن حاجتها لمهندس جديد، وخفضت وجهي في توتر، وأنا أقترب من مكتب المدير، الذي أصر على اختبار كل المتقدمين لشغل الوظيفة بنفسه، ووحده..

وكنت أعرف حظي..

دائما منحوس..

لم أنجح في عمل واحد في حياتي كلها..

وحتى عندما تقدمت للاختبار، لم أتوقع أن يتحسن حظي، فقد كان ذلك يحتاج إلى معجزة، و...

انتفض جسدي في قوة، عندما سمعت صوت المدير يقول في صرامة:

- ما اسمك؟

أجبته وأنا أرتجف:

- (حسين).. (حسين وجدي).

أتاني صوته جافًا:

- اجلس:

جلست على الفور، وسمعته يقول في حدة:

- هل تخشى التطلع إلى وجهي؟

قلت وأنا أرفع عيني إليه في سرعة:

- لا يا سيدي.. مطلقًا!

بدا وجهه مألوفًا لدي كثيرًا، وإن كنت لا أذكر أبدًا متى ولا أين رأيته.. ويبدو أن وجهي كان مألوفًا له أيضًا، فقد انعقد حاجباه، وهو يحدق في وجهي بكل اهتمام، قبل أن يسترخي في مقعده، ويلقي علي عدة أسئلة حول طبيعة المهنة التي ينبغي أن أشغلها في حال نجاحي..

وجاءت إجاباتي جيدة في الواقع، حتى سألني بغتة، وهو يواصل التحديق في وجهي:

- أنت لست من (القاهرة).. أليس كذلك!

أجبته مستسلمًا:

- بلى.. أنا من (الشرقية).

هز رأسه على نحو يوحي بأنه كان يعلم الجواب مسبقًا.

فشجعني هذا على أن أسأله في خوفت:

- هل اجتزت الاختبار في نجاح؟

بدأ وجهه مألوفًا أكثر، وهو يبتسم، قائلًا:

- ماذا تتوقع؟

هززت رأسي، قائلًا في يأس:

- لم يكن حظي حسنًا أبدًا.

اتسعت ابتسامته، وهو يقول:

- حقًا؟!

أجبته في أسف:

- نعم.. دائمًا حظي سيء، حتى في المرة الوحيدة، التي أردت أن أقوم فيها بعمل الخير.
سألني في اهتمام:
- كيف؟
- ذات ليلة، منذ ما يقرب من خمسة عشر عامًا، كنت أسير وحدي، وسط الحقول في قريتي، عندما سمعت رجلًا يصرخ في ألم وفزع، فأسرعت إليه، ورأيته طريح على الأرض، أمعنت النظر في وجهه فتبينت أنه غريب، من خارج القرية.. حاول الوقوف ثم هتف بي أن أطارد لصًا سرق منه حافظة نقوده، وفيها كل أمواله.
بدا لي وجهه مألوفا أكثر وأكثر، وهو يسألني في اهتمام:
- وماذا فعلت؟
أجبت:
- انطلقت خلف اللص، وأمسكت به، ولم يكن أيضًا من القرية، ولكنه قاومني في شراسة رهيبة، إلا أنني نجحت في استعادة حافظة النقود منه.
سألني في اهتمام بالغ:
كيف؟
ترددت لحظة، ثم أجبته:
-قضمت إصبعه.
ارتفع حاجباه في استنكار، فتابعت:
- عضضت الإصبع الصغير ليده اليسرى في قوة، فقطعته، مما جعله يطلق صرخة مدوية، ويترك الحافظة ويفر هاربا، ودماء جرحة تسيل خلفه..
ساد الصمت لحظة، رحت خلالها أحدق في وجه المدير، وخيل إلي أنني أتذكر أين رأيته، وهو يسألني:
- وأين سوء الحظ في هذا؟
قلت متنهدًا:
- لقد احتاج الأمر إلى تحقيق طويل، أضاع وقتي، وكان لدي امتحان في اليوم التالي، فرسبت.
ابتسم في هدوء مغمغمًا:
- يا للخسارة!!
ران علينا الصمت لحظة أخرى، ثم عدت أسأله:
- والآن.. هل نجحت في الاختبار؟
اتسعت ابتسامته، وهو يقول:

ـ إجاباتك جيدة، ولكنها لا تكفي لنجاحك، إلا أنني أملك حق تعيينك دون نتائج.

تذكرت الآن فقط أين رأيته، وخفق قلبي في عنف، وقبل أن أنبس ببنت شفة، كان يستطرد في غضب واضح:

ـ ولكنني لن أفعل.

ثم أخرج من أسفل المكتب كفه اليسرى، ذات الخنصر المقطوع، وهو يستطرد في حدة:

ـ بسبب هذا.

إنه حظي السيء بالتأكيد..

* * *

العار: نادر رأفت

لم يسعني، وأنا أبتاع جريدة الصباح، من بائع الصحف المجاور لمنزلي، إلا أن ألقي نظرة طويلة على الأستاذ (رأفت)، أستاذ اللغة العربية السابق، وجاري القديم في مسكني، وهو يحمل كمية هائلة من الصحف، كعادته منذ أسبوعين كاملين، ثم يتخذ مجلسه في ذلك المقهى المواجه للمنزل، ويقلب صفحات الصحف في اهتمام يملك عليه كل حواسه، وهو يبحث فيها عن اسم ابنه الوحيد..

أو عن اسمه هو في الواقع..

وفي كل مرة أرى ذلك المشهد، كنت أعود بذاكرتي مرغمًا إلى تاريخ الأستاذ (رأفت) القديم..

لقد تزوج الأستاذ (رأفت) ـ كعادة الريفيين ـ وهو بعد في الثامنة عشرة من عمره، وأنجب من زوجته ثلاث بنات، قبل أن يتخرج من كلية المعلمين، ويصبح معلمًا للغة العربية..

ولكنه لم يكن يشعر بالسعادة..

كان يتشوق دومًا إلى إنجاب ولد يحمل اسمه، على الرغم من أنه لم يكن ثريًا، ولم تكن عائلته ذات ماضٍ عريق، يحتم ضرورة وجود من ينقل اسمها إلى الأجيال القادمة..

ومن أجل هذه الرغبة، ترك الأستاذ (رأفت) زوجته الريفية تواصل إنجاب البنات في قريتهما، ونزح هو إلى (القاهرة)، ليعمل في مدرسة قريبة من منزلنا، ويتزوج قاهرية شابة، تصغره بعشرة أعوام..

وبدا الأستاذ (رأفت) شديد الحنق، عندما أنجبت له هذه القاهرية أبنة جميلة، مما جعلني أسأله يومها:

ـ ألا تحب إنجاب البنات يا أستاذ (رأفت)؟

أجابني في حنق:

ـ أريد ولدًا يحمل اسمي.

قلت ـ يومئذ ـ مبتسمًا:

ـ البنت ستحمل اسمك أيضًا.

لوح بكفه، قائلاً:

ـ البنت لزوجها.. أما أبناء الابن، وأحفاده، فكلهم سيحملون أسمي أنا.

كنت أضحك لحديثه هذا وأتعجب له، فما زلت حتى اليوم أدهش لهذه النرجسية، التي تدفع الرجال إلى التلهف على إنجاب من يحملون أسماءهم،

على الرغم من أن هذا لن ينفعهم أو يضيرهم بعد موتهم، ورحيلهم عن دنيانا..

ولكن الأستاذ (رأفت) كان يتلهف لإنجاب ولد يحمل اسمه..

ولقد حصل على مبتغاه..

في المرة الثانية، أنجبت له زوجته ابنًا، جعله يطير فرحًا، ويدعو رواد المقهى كلهم لتناول المشروبات على نفقته..

وبدا وكأن ذلك الابن قد أنساه الدنيا كلها، فلم يعد يزور زوجته الريفية في قريتهما، ولم يعد يهتم حتى بزوجته القاهرية..

أصبح ابنه (نادر) هو حياته كلها..

وكان يفخر دومًا بأن (نادر) يحمل اسمه، حتى أنه لم يكن يقدمه إلى أي مخلوق، إلا باسمه الكامل.. (نادر رأفت)..

وكبر (نادر)..

وكبرت معه فرحة الأستاذ (رأفت)..

واقتنص (نادر) كل الخير من أخواته..

كل الثياب الجديدة له..

كل اللعب..

كل النقود..

ونشأ (نادر) مدللاً، فلم يتجاوز سنواته الدراسية إلا في صعوبة بالغة، حتى استقر به المقام في الثانوية العامة، فلم يفارقها أبدًا..

ولم يهتم الأستاذ (رأفت) بهذا كثيرًا..

كان يكفيه أن (نادر) يحمل اسمه..

وأنه سينقله إلى الأجيال القادمة..

وفجأة ظهرت على (نادر) علامات الثراء، وسرت شائعة بأنه يعمل في تجارة العملة، أو التهريب..

ولكن الأستاذ (رأفت) لم يهتم أيضًا..

الاسم وحده كان يعنيه..

وكان يفخر بابنه وثراء ابنه في كل المجالس..

وفجأة طالعتنا صحف الصباح بخبر رهيب..

لقد ألقى القبض على (نادر) بتهمة التجسس لحساب دولة معادية..

(نادر) جاسوس!!..

مفاجأة مذهلة للجميع..

وبالذات للأستاذ (رأفت)..

لقد بدا، في ذلك الصباح، شاحبًا ممتقعًا، ذاهلاً.

وجلس على مقعده المعتاد في المقهى صامتًا، واجمًا..

ثم فجأة اندفع نحو بائع الصحف، وابتاع منه كل صحفه..

وعاد إلى المقهى..

وفي حزم، أخرج من جيبه ممحاة، وراح يمحو اسم (نادر) من كل الصحف..

كان يشعر بعار لا مثيل له؛ لأن الشاب الذي خان وطنه يحمل اسمه هو..

ومنذ ذلك الحين، راح الأستاذ (رأفت) يبتاع الصحف يوميًا، بقدر ما تسمح به ميزانيته، ويجلس على المقهى يتصفحها كلمة كلمة، ويمحو بممحاته أي اسم يشبه اسمه.. مجرد شبه..

وفقد الرجل عقله..

فقده بسبب ولد..

ولد يحمل اسمه..

* * *

علام إبرهيم (حرف الألف)

عاش (علام) عمره كله رجلًا شريفًا بمعنى الكلمة، فهو لم يخالف القانون قط، ولم يتجاوز حتى إشارة مرور واحدة، على الرغم من أنه لم يمتلك أبدًا سيارة، أو حتى يحلم بامتلاك واحدة.. وكعادة كل الشرفاء، كان (علام) يتعامل مع الجميع في ثقة وبساطة، دون أن يفكر حتى في مجرد الشك في مخلوق واحد، حتى إنه قد اقتنع على الفور بحديث ابن عمه (سمير)، العائد من إحدى دول النفط، وصدق أن (سمير) كان يرفل في النعيم هناك، على الرغم من تلك التشققات الواضحة في يدي هذا الأخير، وعلى الرغم من التحول الشديد الذي اعتراه، والذي بدأ واضحًا منذ عودته، وقرر (علام) أن يفعل مثل ابن عمه، وأن يسافر إلى واحدة من دول النفط، وبكل حماس، حمل كل ما يملكه من أوراق ومستندات، واتجه إلى إدارة الجوازات، لاستخراج جواز سفر، كمرحلة أولى..

وهنا بدأت المشكلة..

في الواقع، المشكلة الحقيقية قد بدأت مع مولد (علام)، فعندما ذهب والده الحاج (إبراهيم سلامة)، ليسجل اسمه في كشف المواليد، استقبله كاتب الوحدة الصحية للقرية بابتسامة واسعة، وهنأه على مولوده البكري، وطالبه بحلاوة كبيرة، ثم أخرج قلمه، وارتدى منظاره، وراح يكتب اسم المولود (علام إبرهيم سلامة)...

لا.. ليس هناك خطأ مطبعي.. لقد كتبها الكاتب نصف المتعلم، هكذا بالفعل، بدون حرف الألف، بين حرفي (الراء) و (الهاء) في اسم (إبراهيم)..

والعجيب أن أحدًا لم ينتبه إلى هذا الخطأ في حينه..

ربما لأن الحاج (إبراهيم) أمي، لا يقرأ ولا يكتب، أو لأن العين تعبر الاسم في سرعة، مكتفية بالتأكد من اسم المولود فحسب..

المهم أن شهادة ميلاد (علام) خلت من حرف الألف هذا..

وعندما التحق (علام) بمدرسة التجارة الثانوية، وبلغ من العمر ستة عشر عاما بالتمام والكمال، ذهب في زهو إلى سكرتير المدرسة، حاملًا أوراق طلب أول بطاقة شخصية في حياته.. ولما كان قانون المدرسة -حينذاك- يشترط أن يملأ السكرتير الأوراق بنفسه، ومن واقع السجلات، فقد دون سكرتير المدرسة اسم (علام)، دون أن ينتبه إلى الألف الناقصة، في اسم والده الحاج (إبراهيم).. وهكذا صار اسم (علام) في بطاقته الشخصية يحمل حرف الألف في اسم الأب..

وفي منطقة التجنيد، حيث تم توقيع الكشف الطبي على (علام)، لتحديد موقفه من التجنيد الإجباري، وجد الأطباء أن عين (علام) اليسرى تحمل حولًا ظاهرًا، فمنحوه شهادة إعفاء من التجنيد، كانت تحمل حرف الألف، نظرًا لاستخراج بياناتها كلها من واقع البطاقة الشخصية له..

ونجح (علام)، ونال شهادة دبلوم التجارة، وتسلم الشهادة المذهبة من المدرسة في فخر، وأحاطها بإطار مذهب، وعلقها في صدر ردهة المنزل، دون أن ينتبه إلى أنها لا تحمل حرف الألف في منتصف اسم والده الحاج (إبراهيم)، لأن كاتبها نقل الاسم من واقع شهادة الميلاد..

وعندما ذهب (علام) لاستخراج جواز السفر، طلبوا منه هذه الشهادات الأربع..

شهادة الميلاد، وبطاقته الشخصية، وشهادة الخدمة العسكرية، وشهادة الدبلوم..

ورفضوا استخراج الجواز..

رفضوا بحجة أن اسمه في الأوراق غير متطابق، فشهادتا الميلاد والدبلوم لا تحملان حرف الألف الأوسط في اسم أبيه، وبطاقته وشهادة الخدمة العسكرية تحملان الحرف..

وعبثًا حاول (علام) أن يشرح الأمر لأي مسئول..

وعبثًا حاول أن يجد من يستمع إليه..

أو من يفهمه..

وقابلته في كل مرة إجابة صارمة لا تتغير: إما أن يحذف الحرف من بطاقته وشهادة الخدمة العسكرية، أو يضيفه إلى الشهادتين الأخريين..

ودار (علام) في سباق الروتين..

دار حتى حفيت قدماه..

واتضح له -لأول مرة- كم هو عسير هذا الروتين..

وأصابه اليأس..

إنه يحتاج إلى عام على الأقل، ليضيف حرف الألف، أو يحذفه..

لحظتها كره حرف الألف..

بل كل حروف اللغة..

وبينما يجلس ذات ليلة يائسًا، على القهوة التي اعتاد قضاء لياليه فيها، التقى به ابن عمه (سمير)، فراح يفرغ في أذنيه شكواه..

ووجد (سمير) الحل على الفور، ولكن (علام) اعترض عليه في البداية بشدة، ثم لم تلبث معارضته أن تخاذلت، وتلاشت، فاصطحبه (سمير) إلى

صديق له، وابتاعا في طريقهما قلمًا جافًا، وزجاجة من زجاجات الحبر الصيني..

وبعد تلك الليلة بأسبوع كان جواز السفر بين يديه،

وسافر (علام) إلى بلاد النفط بعدها بأسبوع واحد..

وهو يعمل هناك منذ أربعة أعوام..

وكل أوراقه تحمل حرف الألف في اسم الأب..

كلها..

هزمت أستاذي

سرت في نشوة عارمة في جسدي، وأنا أستقبل أستاذي الكهل، في معملي الخاص بإدارة شئون الفضاء.. لم يكن قد تغير كثيرًا منذ التقينا آخر مرة، في مؤتمر المراقبة الفضائية العاشر، وكان كما عهدته دومًا، شديد الغطرسة والتعالي، مغرورًا، لا يقنع إلا بآرائه وحده.. وربما كان هذا سر خلافنا الشديد منذ زمن طويل.. ومن العجيب أنه قد قبل دعوتي.. لعل ذلك لأنني قد نجحت في صياغتها بأكبر قدر ممكن من التشويق، على نحو يلهب فضوله العلمي، ويدفعه دفعًا لزيارتي.

ولقد استقبلته وأنا أرتجف من فرط الانفعال، وقدته إلى حجرة مكتبي أولًا، وقلت:

- يسرني أنك قد لبيت دعوتي يا أستاذي العظيم.

زمجر كعادته، وهو يلوح بكفه، مغمغمًا في خشونة:

- لا داعي للمقدمات. ليس لدي ما أضيعه من وقت في المجاملات.

كان يتحدث بنفس الأسلوب المتعالي، الذي أكرهه منذ عرفته، ولكنني احتملت أسلوبه هذه المرة، وابتسمت، وأنا أقول في هدوء:

- لا بأس يا أستاذي، سأدخل في صلب الموضوع مباشرة.. أنت تعلم بالطبع أننا نختلف تمامًا، منذ كنت أنا طالبًا، تحت رئاستك.. وكان مبعث خلافنا هو نظرتنا المختلفة إلى الفضاء الخارجي.

تظاهر بالضجر، وهو يستمع إلي، وإن أنبأني بريق عينيه باهتمامه الشديد بما أقول، فواصلت بنفس الهدوء:

- كنت أنا أومن دومًا بحتمية وجود مخلوقات عاقلة في كواكب أخرى في الكون، على حين كنت أنت ترفض ذلك المبدأ تمامًا.

زمجر قائلًا:

- وما زلت أرفضه.

ارتسمت ابتسامة واسعة على وجهي، واعتدلت في مجلسي، وقلت في تعالٍ متعمد، وكأنما يروق لي أن أصدمه وأجرح مشاعره.

- لم يعد لرفضك أي معنى يا أستاذي العظيم.

حدق في وجهي بدهشة، ثم لم يلبث أن هب واقفًا، وهو يقول في غضب:

- اسمع.. لو أنك تتعمد إهانتي، فسوف..

قاطعته في هدوء:

- إنها مسألة إثباتات علمية يا أستاذي.

ولوحت بكفي، قبل أن يعترض مرة أخرى، وأنا أستطرد:
- هل بلغك نبأ ذلك الجسم الطائر المجهول، الذي ظهر في سمائنا منذ أيام؟.. والذي أجبرته قواتنا الجوية على الهبوط؟

غمغم في غطرسة:
- لست أصدق ذلك.

ملت إلى الأمام، وأنا أقول في صرامة:
- بل صدقه يا أستاذي العظيم، فلقد نادرت بنفسي على تلك العملية.

حدق في وجهي باهتمام بالغ، فأضفت في غطرسة متعمدة:
- كان عبارة عن مركبة فضائية، من كوكب آخر، وبداخلها وجدنا..

صمت لحظة، ثم أضفت في صرامة:
- مخلوقًا من كوكب آخر.

حدق أستاذي في وجهي بذهول، ثم لم يلبث أن لوح بكفه هاتفًا في عناد:
- مستحيل!! لن أصدق تلك الترهات، عن مخلوقات الكواكب الأخرى.. إنني واثق من أنه لا يوجد، في الكون كله، أي مخلوق عاقل سوى الإنسان على كوكبنا.

ابتسمت في سخرية، وأنا أقول:
- كما يحلو لك، ولكنه هنا.

هتف في ذهول:
- هنا؟!

أشرت إلى باب معملي، قائلًا:
- نعم.. هنا.

ونهضت في هدوء، وتوجهت إلى باب معملي، وأنا واثق من أنه سيتبعني، ولم يكد يدلف إلى المعمل خلفي، حتى تسمر، وتجمد، وهو يحدق في ذلك الصندوق الزجاجي، الذي جلس داخله المخلوق..

كان مخلوقًا حيًا عاقلًا، كما أثبتت تجاربي، ولكنه يتنفس نوعًا نادرًا من الغازات، كما علمنا من الاسطوانات، التي كان يحملها خلف ظهره.. ولقد أعددنا له هذا القفص، وأوصلناه باسطوانات تحوي نفس الغازات، وبنفس النسب، حتى نبقيه حيا..

ورأيت أستاذي يحدق في المشهد مذهولًا مأخوذًا، وهو يقارن بين تركيب أجسادنا وملامحنا، وتركيب المخلوق الفضائي، وبين لون بشرتنا الجميل، ولون بشرة المخلوق الزرقاء العجيبة..

وابتسمت أنا في زهو وشماتة، عندما تهدلت كتفا أستاذي، وبدا وكأنما قد أضاف عشرات السنين إلى عمره، وهو يغمغم.

- إذن فأنت على حق!

أجبته في صرامة، وكأنني أتعمد إذلاله:

- لقد كنت دوما على حق.

وقفت في مكاني شامخًا، أراقبه وهو ينصرف في مرارة، وقد تحطم غروره، وانهارت غطرسته كلها أمامي، بعد أن أيقن من صحة نظريتي، ومن وجود مخلوقات عاقلة في كواكب أخرى من ذلك الكوكب الشاسع.. وعدت أواصل تجاربي على ذلك المخلوق..

لقد درست كل ما يتعلق به تقريبًا، خلال الأيام الخامسة السابقة، إلا أنني لم أنجح بعد في ترجمة لغته إلى لغتنا، فهو يصر على ترديد عبارة واحدة، لم أفهم معناها بعد، ولكنها تشير إلى كوكبه بالتأكيد، فهو يقول باستمرار:

- أنا من كوكب الأرض.. هل تفهمني؟.. أنا من كوكب الأرض..

أنا المسئول

«أنا المسئول.. ».

ارتجف موظف الوزارة في شدة، واتسعت عيناه في رعب وذهول، وهو يحدق في وجه ذلك القصير الوقور، الذي نطق تلك الكلمة في هدوء ورصانة، ووقف ينتظر رد الفعل في اتزان، جعل الموظف يغمغم في انهيار:

- أنت؟!

التقط القصير في جيبه بطاقة خاصة، ناولها للموظف، وهو يقول في هدوء:

- ها هي ذي بطاقتي.. أنت تعلم أنه يستحيل تزويرها.. أليس كذلك؟

تمتم الموظف:

- بلى يا سيدي.. بلى.

استعاد القصير بطاقته، وهو يقول بنفس الهدوء والرصانة:

- حسنا.. أنت تعلم القواعد.

هتف الموظف في ضراعة:

- الرحمة.

أجابه القصير في بساطة:

- الرحمة أن نفصل كل موظف عمومي، يتعامل مع الجمهور بعجرفة أو غطرسة، كما تفعل أنت.. إننا بهذا نرحم الأبرياء، الذين يتضرعون إليك منذ ساعة، لتنهي أوراقهم، وأنت تتعمد إذلالهم بلا مبرر.. إنك حتى قد فعلت هذا معي.

هتف الموظف منهارًا:

- لم أكن أعرفك.

أجابه القصير في هدوء:

- لا أحد يعرفني كما تعلم، فأنا تارة أتخذ هيئة كهل، وتارة أخرى هيئة شاب.. وأحيانا هيئة رجل وأحيانا هيئة امرأة، طويل أو قصير، بدين أو نحيل.. إنني أتخذ أية هيئة، ولكنني دائما (المسئول).

انهار الموظف على مقعده، وهو يعلم أنه ما من فائدة..

هذا (المسئول) لا يرحم أحدًا..

إنه يفصل المقصرين بلا تردد..

وليست لديه استثناءات..

وهذا مصدر قوته..

ومنذ ظهر ذلك المسئول، أصبحت كل الهيئات بالوزارة منتظمة ورائعة.. كل موظف يخشى أن يسيء إلى مواطن واحد، خشية أن يجده هو (المسئول).

حتى رجل الشرطة، يخشى الطغيان.. يخشى المسئول..

ولا أحد يدري من أين جاء هذا (المسئول)..

ولا ما هي صفته الرسمية..

كل ما يعلمه الجميع هو أنه قد ظهر فجأة في المجتمع، بعد أن سادته الفوضى أو كادت.. وراح يحطم كل مكامن الفوضى والاستهتار بلا رحمة..

لم يعد هناك تاجر واحد يبيع بضائعه بأزيد من ثمنها..

لم تعد هناك سيارة تتخطى إشارات المرور..

لم يعد هناك طالب يغش في الامتحانات..

باختصار.. لم يعد هناك فساد..

وجرت آلاف المحاولات لاغتياله، ولكن عبثًا، فلا أحد يعلم من هو؟ ولا ما هو؟

لا أحد يعلم أين يقيم؟ وكيف يبدو؟..

وذات يوم، بعد أن ساد النظام تمامًا في المجتمع، وصار كل مخلوق فيه آمنا مرتاح البال، اجتمع مجلس الوزراء على نحو طارئ، وتطلع رئيس الوزراء إلى وزرائه بنظرة تشف عن خطورة الموقف، قبل أن يقول:

- مات المسئول.

ارتسم الذهول على الوجوه، مع لمسة ارتياح عامة، قبل أن يهتف أحد الوزراء:

- مات؟!.. مستحيل؟!

أجابه رئيس الوزراء في صرامة:

- نعم.. مات.. كل المخلوقات تموت.

هتف وزير آخر:

- وماذا نفعل الآن؟

أجابه رئيس الوزراء:

- سنعقد مؤتمرًا صحفيًا، ونعلن عن موته.

هب وزير كبير قائلًا:

- خطأ يا سيادة الرئيس.. لو أعلنا عن موته، فستعود الفوضى لتدب في البلاد، وسينهار كل ما فعله طيلة عمره.

سأله رئيس الوزراء:
- وماذا تقترح؟
أجابه الوزير الكبير في حزم:
- سنخفي الخبر.. لا داعي لأن يعلم أي مخلوق بالأمر..
فليبق الخوف من المسئول في نفوس الجميع، وكل ما علينا هو أن نعلن -
من حين لآخر - خبر زائف عن فصله موظفًا ما، أو عزله لرجل شرطة،
وستسير الأمر على خير ما يرام.
وقضى مجلس الوزراء نهاره كله يناقش هذا الاحتمال، وانتهى بهم القرار
إلى إخفاء موت (المسئول)..
وعاد الوزراء إلى منازلهم، وكل منهم يعلم أن (المسئول) قد مات..
وكان عليهم كتمان السر العظيم..
ولم يخبر أحدهم سوى زوجته، و..
وعادت الفوضى إلى البلاد بعد شهر واحد..
وما زال مجلس الوزراء يجتمع لدراسة سر عودة الفوضى، على الرغم من
تصريحاته الدائمة بوجود (المسئول)..
وما زال كل وزير يكتم السر...

* * *

النبوءة

اليوم تنتهي مخاوفه..
اليوم يثبت لنفسه انه أقوى من تلك النبوءة..
يا لسعادته!..
ارتسمت على شفتيه ابتسامة ارتياح، وهو يتطلع إلى غروب الشمس، وذهنه يسترجع تلك الأحداث، التي غيرت حياته كلها، منذ خمسة أعوام تقريبًا..
كان ذلك في أثناء زيارة عمل إلى (نيويورك)، عندما التقى هناك بأشهر منجمة في القرن العشرين، التي تنبأت بمقتل الرئيس (كيندي)، وسقوط الحكم في (إيران)، وغيرها من النبوءات المذهلة، التي تحققت كلها على نحو لا يتطرق إليه الشك في موهبة المرأة..
وبدافع من الفضول، طلب منها أن تتنبئه بطالعه..
وتطلعت المرأة إلى وجهه طويلاً، وانعقد حاجباها، وضاقت عيناها، ثم قالت في صوت رهيب، لم يفارق ذاكرته حتى هذه اللحظة:
- أراك تسقط.
غمغم في دهشة:
- أسقط؟!
أجابته بنفس الصوت الرهيب:
- نعم.. أراك تسقط، وتسقط، ثم يرتطم جسدك، وتلقى مصرعك.
ارتجف جسده كله، وجفت الدماء في عروقه، وهو يقول:
- متى؟.. متى يحدث هذا؟
أجابته وهي تتطلع إلى عينيه:
- قبل أن تتم عامك الأربعين.
كان هذا كل ما قالته..
وكل ما بعثته في قلبه من رعب..
لقد راح يبذل أقصى جهده لإقناع نفسه بأنها مخادعة، وبأن نبوءتها هذه تافهة، لا تعني شيئًا، إلا أن هذا لم يمنعه من أن يستبدل بتذكرة عودته على متن الطائرة إلى (القاهرة) تذكرة بحرية، ليعود إلى موطنه على متن باخرة، ولا من أن يستبدل بمسكنه في الطابق الخامس، آخر أصغر حجمًا، في طابق أرضي من بناية حديثة البناء، على الرغم من اعتراض زوجته على السكن في طابق أرضي، وسط ضوضاء (القاهرة)..

ولقد كان آنذاك في الخامسة والثلاثين من عمره، ولكنه لم ينس نبوءة العرافة الأمريكية طيلة السنوات الخمس التالية أبداً..

وبكل جهده، راح يتحاشى الأماكن المرتفعة، التي تزيد على طابق واحد، حتى أنه رفض العمل بضعف مرتبه في شركة استثمارية جديدة، لمجرد أنها تتخذ مقرها في الطابق العاشر من بناية ضخمة..

واليوم، وبعد أن تغرب الشمس تماما، يكون قد أتم عامه الأربعين.

وتكون النبوءة قد أثبتت فشلها..

ومع اختفاء قرص الشمس التدريجي في الأفق، راح يسخر من نفسه، لتصديقه هذه النبوءة طيلة خمس سنوات..

وقرر ان يحتفل مع زوجته بانزياح ذلك العبء عن كتفيه، فصاح بها:

- ما رأيك في عشاء فاخر الليلة، ومسرحية جيدة؟

تهللت أساريرها، وهي تقول:

- رائع.. سأرتدي ملابسي على الفور.

هتف في حماس:

- وسأذهب لحجز التذاكر.

انطلق والحماس يملأ قلبه، ليعبر الطريق نحو سيارته، على الجانب المقابل للمنزل..

ورأى سيارة مسرعة تنطلق نحوه..

وقفز جانبًا ليتفاداها..

وفجأة وجد نفسه يسقط..

يسقط ويسقط، ثم يرتطم جسده بقوة..

وراح يلفظ أنفاسه الأخيرة، وهو يتطلع في ذهول إلى فجوة صغيرة بعيدة، بدت منها أضواء الشفق، بعد أن اختفى قرص الشمس كله في الأفق..

ولم يصدق أنه يحتضر هكذا، بعد كل ما اتخذه من احتياطات..

ولا أن هذا ما كانت تقصده العرافة الأمريكية..

لقد سقط، وارتطم بالأرض، وها هو ذا يلقى مصرعه..

تمامًا كما قالت النبوءة..

مع فارق واحد..

إنه لم يسقط من علٍ..

لقد سقط إلى أسفل..

إلى أعماق بالوعة مفتوحة..

هذا هو السقوط..

تمثال ورصاصة

كانت تلك الضحكة، التي انطلقت من بين شفتي (سمير)، بكل ما تحويه من سخرية واستهتار، بمثابة القشة التي قصمت ظهر البعير..

وكان البعير هنا هو شريكه (كارم)، الذي فقد فجأة كل قدرته على السيطرة على أعصابه، على الرغم من أنه يحتمل سخرية وسخافة شريكه هذا منذ سنوات، فامتدت يده تلتقط تمثالاً ثقيلاً، وتهوى به بكل قوة، على رأس (سمير).

وجحظت عينا (سمير)، وهو يحدق في وجه شريكه، بمزيج من الذهول والألم والاستنكار، وتدفقت الدماء من جرح في رأسه، قبل أن يسقط على وجهه كالحجر ودماؤه تسيل حوله..

وشحب وجه (كارم)، وامتقع في شدة، حتى صار أشد شحوباً من وجوه الموتى، وراح يحدق في جثة (سمير) في رعب وذهول، قبل أن تتراخى أصابعه ويسقط التمثال الثقيل من يده إلى الأرض، ويصدر عن سقوطه دوي أيقظه من ذهوله، وجعله يغمغم في خفوت وارتياع:

- يا إلهي!!.. لقد قتلته!!

وتراجع في ذعر وهلع، دون أن يرفع عينيه عن الجثة، حتى تهاوى فوق مقعده، خلف مكتبه.

لقد قتله..

قتل شريك عمره..

قتل (سمير)..

يا إلهي!! كيف فعل هذا؟..

إنه يحتمله منذ سنوات..

يحتمل سخريته المتواصلة، واستهتاره الدائم به،، إن (سمير) ينظر إليه دومًا على أنه شخص خامل، بليد، جبان.. إنه يسخر منه دومًا..

ولكنه قتله..

لقد أصبح قاتلاً..

إنه تمامًا كما قال (سمير)، لا يصلح لأداء أي عمل.. لقد صبر سنوات طويلة، وعندما فقد أعصابه مرة واحدة، صار قاتلاً.

والآن ماذا يفعل؟..

كيف يتخلص من هذه الورطة؟

لقد قتل (سمير) في مكتبهما، وكل العاملين بالمكتب هنا.. كلهم سيرونه حتمًا، لو حاول الفرار بالجثة..
كلهم سيدينونه بشهادتهم..
وسيكون هناك تحقيق..
وسجن..
وفضيحة..
كلا.. إنه لن يحتمل..
وبأصابع مرتجفة جذب درج مكتبه، وتطلع إلى المسدس الرابض داخله في سكون.
إنه لم يستخدمه أبدًا، منذ اشتراه..
لقد سخر منه (سمير)، عندما علم أنه قد اشترى مسدسًا، وقال له ضاحكًا، إنه لن يجرؤ أبدًا على حمله واستخدامه، حتى لو هدد لص حياته..
ومرة أخرى عاد يتطلع إلى جثة (سمير) الملقاة على الأرض..
ماذا يفعل بها؟.
أفضل وسيلة هي أن يعترف بما حدث..
ولكن هل سيصدقونه؟..
وحتى لو فعلوا..
حتى لو برأته المحكمة..
هل سيبرئه الناس؟..
إنه يعرف طبيعة الناس.. سيظلوا يشيرون إليه دومًا بأصابع الاتهام وسيتحدثون فيما بينهم أنه قتل شريكه..
وستكسد تجارته.. وتبور..
ولن يحتمل ذلك..
يبدو أنه - كما قال (سمير) - لا يجيد أداء أي عمل..
إنه فاشل..
فاشل..
فاشل..
وفجأة، اتجه بصره نحو المسدس.
نعم.. هذا هو الحل الوحيد.. سيثبت ل (سمير)، وللجميع انه ليس خائبًا أو جبانًا.. سيثبت له أنه يستطيع استخدام المسدس..
وفي حزم، قبضت أصابعه على المسدس، ورفعه إلى رأسه، وهتف في أعماقه..

لست جبانًا.. سأواجه الأمر في حزم..

ثم أطلق النار.

* * *

انحنى الطبيب الشرعي يفحص إصابة رأس (سمير) في اهتمام، ثم نهض واقفًا، وهز رأسه في أسف، ثم نقل بصره بين (كارم) و(سمير)، والتفت إلى وكيل النيابة، قائلاً:

- من الواضح أن المدعو (سمير) قد لقي مصرعه على الفور.

تنهد وكيل النيابة، قائلاً:

- هذا واضح.. لقد سمع موظفو المكتب صوت طلقة الرصاص، و.....

بتر عبارته، وكأنه ما من داع لتكرار شرح الموقف، ثم رفع عينيه إلى الطبيب الشرعي، وسأله في اهتمام:

- هل يمكننا استجواب المسئول؟

هز الطبيب الشرعي كتفيه، وقال:

- المهم أن تعرف من هو المسئول؟.

ثم ابتسم ابتسامة باهتة، وغمغم:

- ولكنك ستجد من تستجوبه على الأقل.

وأشار إلى جسد (سمير) قائلاً:

- فهذا الشخص مصاب بفقدان وعي فحسب، وإصابة رأسه بسيطة، ويمكنك استجوابه، فور استعادته وعيه..

ثم التفت إلى جثة (كارم)، مستطردًا في حيرة:

- أما هذا فقد قتل نفسه برصاصة واحدة مباشرة في الرأس، ولست أدري لماذا فعل هذا؟..

هل تعلم أنت؟..

الانتقام الدامي

سيقتله هذه المرة..

سيقتل الوحش..

امتلأت نفسه بهذه الثقة، وهو يقبع في ركن خفي اختاره في دقة وعناية، ويصوب البندقية الضخمة إلى النقطة التي يتوقع ظهور الوحش فيها.

لقد قرر أن يقتنصه هو هذه المرة..

إنه يعلم أن والده قد فشل في هذا مرتين..

ولكنه هو سينجح..

سيبذل أقصى جهده لهذا..

كم يكره ذلك الوحش!! الذي دأب على التهام أصدقائه بلا رحمة..

تصبب العرق على جبينه غزيراً، وبدت له البندقية شديدة الضخامة، بالغة الثقل، وهو ينتظر.. وينتظر.. وينتظر..

وفجأة ظهر الوحش..

ظهر يتهادى في مشيته كالمعتاد، ويحرك لسانه الأحمر بين أنيابه، وكأنها يعد نفسه لوجبة شهية جديدة.

وصوب هو بندقيته في إحكام..

وتجمد الوحش، وكأنما شعر بغريزته بما سيحدث.. ثم تراجع الوحش في سرعة..

وضغط هو الزناد..

وارتدت البندقية في عنف..

وارتطمت رأسه بالحائط خلفه..

وفقد الوعي.

لم يدر كيف ظل فاقد الوعي، ولكنه عندما بدأ يستعيد وعيه، سمع صوت أمه تغمغم:

- لقد فعلها.. فعلها بنفسه.

انضم إليها صوت أبيه، وهو يتنحنح، مغمغمًا:

- نعم... لقد نجح فيها فشلت أنا فيه مرتين.

انتفخت أوداجه في فخر، وهم بالإعلان عن استعادته لوعيه، إلا أن كل هذه الشاعر لم تلبث أن زايلته بغتة، وحل محلها مزيج من القلق والخوف، عندما استطرد أبوه في غضب:

- صحيح أنه قد فعلها ونجح في مهمته، وصحيح أنه كان يحب تلك الدجاجات، كما لو كانت أصدقاءه، إلا أن هذا لا يمنع من أنه قد ارتكب خطأً فادحًا، عندما أخذ بندقيتي دون إذني، واستخدمها ليقتل قطاً دأب على التهام تلك الدجاجات.. فهذا لا يصح أبدًا لمن كان في مثل سنه. وصمت الوالد لحظة، قبل أن يستطرد في غضب أشد:

- إنه لم يتجاوز العاشرة من عمره بعد.

وقرر أن يتظاهر بالغيبوبة لأطول وقت ممكن؛ فيد والده ثقيلة للغاية..

هناك من يدفع الثمن حتمًا

«الأفضل لك أن تعترف..»

نطق النقيب (عصام) العبارة، بكل ما يملأ نفسه من صرامة وحزم، وهو يتطلع بنظرات نارية إلى الرجل الجالس أمامه، والذي هتف في مزيج من الدهشة والاستنكار:

- بماذا اعترف؟

أجابه (عصام) في صرامة:

- بأنك أنت أصبت الرجل.

زفر الرجل في يأس ومرارة، قبل أن يقول:

- أي رجل يا سيادة النقيب؟.. لقد ذكرت لك الحقيقة أكثر من مرة.. إنني لم أصب ذلك الرجل، ولم أره في حياتي من قبل.

قال (عصام) في لهجة صارمة، تحمل شيئًا من السخرية:

- من صدمه إذن؟

هتف الرجل:

- وما شأني أنا؟.. لقد صدمته سيارة، وفر قائدها هاربًا بالتأكيد، وبينما كنت في طريقي إلى منزلي، رأيته ملقى وسط الطريق، ينزف الدماء، والسيارات تمرق إلى جواره في سرعة، ولا أحد يتوقف ليمد له العون، فأوقفت سيارتي، وأسرعت أحمله إليها، وأنطلق إلى أقرب مستشفى لإسعافه، وهناك فوجئت بشرطي المستشفى يلقي القبض عليّ، ويتهمني بإصابته.

قال (عصام):

- حسنًا فعل.. لو لم يفعل لعاقبته.

هتف الرجل في حنق:

- أية سخافة هذه؟.. أتلقون القبض على أي شخص ينقل مصابًا إلى المستشفى؟

قال (عصام) في غلظة:

- ناقل المصاب هو المشتبه فيه رقم واحد دائمًا.

صاح الرجل:

- أي قانون هذا؟.. إن مسبب الحادث يفر عادة، ومن ينقل المصاب إلى المستشفى يكون شخصًا شهمًا، و...

قاطعه:

- لا مجال للشهامة هنا.. إنه القانون.

صرخ الرجل:

- مستحيل أن يكون القانون هكذا.

عقد (عصام) حاجبيه، وهو يهتف في غضب:

- هل ستعلمني القانون؟

ازدرد الرجل لعابه في توتر، وقال:

- كلا بالطبع، فأنت رجل شرطة، ورجال الشرطة هم خير من يعرف القانون.

ثم استدرك في حدة:

- ولكن المفروض أنهم في خدمة الشعب.

عاد (عصام) يعقد حاجبيه في غضب صارم، وهو يقول:

- هل تشك في أننا كذلك؟

زفر الرجل مرة أخرى، وهو يقول في استسلام محنق، محاولًا تجاوز الأمر:

- لا.. لست أشك مطلقًا.

وزفر ثانية، قبل أن يسأل:

- والآن متى أنصرف؟

أجابه (عصام) في برود:

- بعد عرضك على النيابة.

هتف الرجل في ذعر:

- النيابة؟!.. لماذا؟.. لست مجرمًا.

قال (عصام):

- ولكن المصاب لا يزال فاقد الوعي، وأنت متهم بإصابته، لذا فمن الضروري عرضك على النيابة، لتقدير موقفها منك، فربما أفرجت عنك بكفالة، أو أمرت باستمرار حبسك.

صرخ الرجل، وقد تضاعف ذعره.

- استمرار حبسي؟!.. أهذا هو جزاء الشهامة في هذا البلد؟.. أتلقون القبض علي لأنني أنقذت رجلًا كاد يلفظ أنفاسه الأخيرة وسط الطريق؟

قال (عصام) بتلك اللهجة الصارمة، الممتزجة برنة ساخرة:

- فلتدع الله ألا يلفظ أنفاسه الأخيرة بالفعل، وإلا أصبحت التهمة الموجهة إليك هي القتل الخطأ.

جحظت عينا الرجل، وهو يهتف:

- قتل خطأ؟

ثم راح يصرخ في ثورة ساخطة:

- هذا ظلم.. هذا حرام.. ماذا تتوقعون أن يفعل المرء، عندما يجد مصابًا يلفظ أنفاسه الأخيرة وسط الطريق؟.. هل يتركه يموت؟

قال (عصام) في صرامة:

- نعم.. يتركه.

ثم هتف:

- شاويش (عبد القادر).

دخل الشاويش (عبد القادر) إلى مكتبه، وهو يؤدي التحية العسكرية، فأشار (عصام) إلى الرجل، قائلًا:

- خذه إلى (التخشيبة).

صاح الرجل:

- هذا ظلم.. ظلم..

ظل يكرر الكلمة في مرارة، وصوته يبتعد، مع ابتعاده عن حجرة الضابط (عصام)، في طريقه مع الشاويش (عبد القادر) إلى (التخشيبة)، في حين ارتسمت ابتسامة ساخرة على شفتي (عصام)، وهو يقول:

- في المرة القادمة دع شهامتك جانبًا، فهناك من يدفع الثمن حتمًا.

انتهى عمله في ذلك اليوم، فغادر قسم الشرطة متجهًا إلى منزله، وأبدل بثيابه الرسمية حلة أنيقة، وهو يمني نفسه بقضاء سهرة جميلة، مع خطيبته (ليلى)، وقد نسى كل شيء عن الرجل وحادث السيارة، كما اعتاد أن ينسى متاعب عمله عند عودته إلى المنزل..

وبكل حرارة وحماسة، انطلق إلى منزل خطيبته..

وبينما كان يعبر الشارع، ارتفع صراخ بعض المارة، وتناهى إلى مسامعه صرير إطارات تحتك بالأرض في قوة.. ثم صدمته السيارة..

صدمته في عنف، فانتزعته من الأرض، وضربته في حائط مقابل، قبل أن يسقط وسط الطريق، ودماؤه تنزف في غزارة..

وفرت السيارة هاربة..

صحيح أنه التقط رقمها بعينين متهالكين إلا أنه لم يلبث أن نسيه على الفور..

وحاول أن ينهض ولكنه لم يستطع..

لقد تحطمت بعض عظامه حتمًا..

وراح ينزف الدماء وسط الطريق، والسيارات تمرق إلى جواره في سرعة، ولا أحد يتوقف لإنقاذه وإسعافه، أو حتى لنقله إلى أقرب مستشفى..

وبينما كان يلفظ أنفاسه الأخيرة، تذكر الرجل، وحادث السيارة، وأدرك أن عبارته كانت سليمة تمامًا..

هناك من يدفع الثمن حتمًا..

الفَناء

هب رئيس الكتلة الشمالية من الكرة الأرضية، من مقعده في ثورة، وهو يرمي تلك الصورة الهولوجرافية المجسمة، الممثلة أمامه، لرئيس الكتلة الجنوبية، بنظرة نارية، قبل أن يهتف في غضب ارتجفت له حروف كلماته:
- أي قول هذا يا رئيس الجنوب؟!.. أتهددني باحتلال منطقة الوسط؟!.. أتحاول كسر اتفاقية الوفاق، التي وقعها أجدادنا منذ آلاف السنين، والتي تقتضي بترك منطقة الوسط محايدة؟!

أجابه رئيس الكتلة الأرضية الجنوبية في برود، وهو يحمل على شفتيه ابتسامة شبه ساخرة:
- لست أهددك أو أنذرك يا رئيس الشمال.. إنني أبلغك فحسب، فقد احتل جنودنا الآليون منطقة الوسط بالفعل، منذ لحظات.

اتسعت عينا رئيس الكتلة الشمالية، وهو يهتف:
- احتلوها؟!.. كيف؟!.. إن أقمارنا تراقب كل خطوة من خطواتكم، كما تراقبنا أقماركم، منذ عام سبعة آلاف وخمسين، فكيف؟

قاطعه رئيس الجنوب بنفس البرود:
- لقد ابتكر علماؤنا فيروسًا إلكترونيًا رائعًا، أصاب أقماركم الراصدة بارتباك إلكتروني، جعلها تعيد المشاهد التي رصدتها منذ عام كامل، وتهمل رصد الأحداث الجديدة.

ثم اتسعت ابتسامته، وحملت الكثير من الشماتة، وهو يضيف:
- ولقد انتهى الأمر يا عزيزي، وصارت منطقة الوسط ملكنا.

صرخ رئيس الشمال في ثورة:
- جنون.. هذا جنون حقيقي.. أنت تعلم أنك ترتكب أكبر أخطاء التاريخ بفعلتك هذه.. هل ترى هذا الزر الأصفر الصغير على مكتبي؟.. كلانا يعلم أنه يتصل مباشرة بقواعدنا الفضائية، وصواريخنا ذات الرؤوس النووية الأيونية المهلكة، ومدافع الليزر الفتاكة، وبضغطة مني تصبح كتلتكم أثرًا بعد عين.

ابتسم رئيس الجنوب في سخرية، وهو يقول:
- أنت تعلم مثلي أن هذا مجرد تهديد أجوف يا عزيزي رئيس الشمال، فأنا أيضًا أملك زرًا أصفر على مكتبي، ولكن أقمارنا وأقماركم يرصد بعضها البعض طيلة الوقت، ولو ضغطت أنت على زرك الأصفر، فسينضغط زري الأصفر تلقائيًا، وتنطلق كل الصواريخ، وكل مدافع الليزر، فيباد العالم كله

في لحظات.. كرتنا الأرضية كلها ستتحول إلى رماد.. ولن تقدم أنت أبدًا على هذا الانتحار الجماعي.
شحب وجه رئيس الشمال، وتهاوى فوق مقعده الهوائي، ورئيس الجنوب يستطرد في شماتة، وصورته الهولوجرافية تتلاشى في بطء:
- لقد درسنا الأمر يا رجل، وأدركنا أنك لن تضغط الزر الأصفر أبدًا.. أبدًا.
تلاشت صورة رئيس الجنوب تمامًا، فهتف رئيس الشمال في حنق ومرارة:
- اللعنة!!
وضغط زرًا أحمر اللون، فارتسمت في منتصف الحجرة صورة هولوجرافية لمنطقة الوسط، وقد احتلتها جنود الجنوب الآليون، فضغط رئيس الشمال الزر مرة أخرى،
لتتلاشى الصورة، ونهض من مقعدة الهوائي، وراح يذرع الحجرة ذهابًا وإيابًا في غضب، هاتفًا:
- فعلها رجال الجنوب الأوغاد.. احتلوا منطقة الوسط.. سبقونا بيوم واحد.. كنا سنحتلها نحن غدًا.
دلف إلى حجرته، في هذه اللحظة، معاونه الشاب، وقال في هدوء:
- ما الذي يغضبك هكذا يا سيدي؟
هتف رئيس الشمال:
- أقبل يا معاوني الأول.. لقد احتل رجال كتلة الجنوب منطقة الوسط.. لقد فعلوها قبل أن نفعلها نحن بيوم واحد.. كيف علموا خطتنا البالغة السرية؟.. كيف عرفوا شفرة الإدخال في أقمارنا الراصدة ليدفعوا إليها فيروسهم الإلكتروني؟
أخرج المعاون الشاب من جيبه مسدسًا أيونيًا، صوبه إلى رئيسه، وهو يقول:
- أنا أعلم كيف!
اتسعت عينا رئيس الشمال في ذهول، وتراجع كالمذهول، هاتفًا:
- أنت؟!.. أنت الخائن؟
ثم قفز نحو مكتبه، مستطردًا في غضب هائل:
- ولكنك لن تفلح.. لن يفلح أحد.. سأضغط الزر الأصفر.
قبل أن تبلغ سبابته الزر، تألقت الحجرة بضوء أرجواني انبعث من مسدس المعاون الشاب، وغمر جسد رئيس الشمال، والذي تألق في شدة، ثم استحال في غمضة عين إلى كومة رماد، نثرها المعاون بقدمه، وهو بضغط زر اتصال آخر، برزت على إثره صورة هولوجرافية لرئيس كتلة الجنوب، الذي قال في برود:

- ماذا تريد؟
أجابه المعاون الشاب في ابتهاج:
- لقد نفذت المهمة يا سيدي.. قتلت الرئيس.
قال رئيس الجنوب بنفس البرود:
- أحسنت ستحصل على أجرك كاملاً، بالعملات الدولية.
ارتبك المعاون، وهو يقول:
- أجري!!.. ولكن.. لقد وعدتني يا سيدي.. ألم تعدني برئاسة منطقة الوسط، و...
قاطعه رئيس الجنوب في برود صارم:
- لقد أديت مهمتك، وستحصل على أجرك فحسب.
وعلى الفور، تلاشت الصورة المجسمة من هواء الحجرة فامتقع وجه المعاون الشاب، وتراجع مغمغمًا في ارتياع:
- أجري؟!
ثم انهار على مقعد رئيس الشمال الراحل، ودفن وجهه في راحتيه، مرددًا:
- لقد خسرت كل شيء، خسرت كل شيء.. لقد خدعني الجميع.
وفي غمرة يأسه، وشعوره بالمرارة والخيانة، وقع بصره على الزر الأصفر..
واتجه بكل تفكيره ورغبته في الانتقام إليه.. واتخذ قراره الحاسم..
في لحظة الوداع..
جففت (عبير) دموعها، وهي ترقد في فراشها، وتحتضن صورة خطيبها (نادر)، الذي ودعته منذ ساعات، وهو يستقل الطائرة، في طريقه إلى الولايات المتحدة الأمريكية..
لم تكن تحتمل فكرة فراقهما، طيلة شهور ثلاثة، هي المدة التي سيقضيها (نادر) في عمله هناك..
كانت تحبه..
تحبه بحق.
منذ عرفته، وهي تذوب حبًا له، على الرغم من أنه لم يبح لها بحبه على نحو صريح قط..
طوال عام كامل من خطبتهما، لم ينطق بكلمة حب واحدة..
كانت ترى هذا الحب في عينيه..
في كلماته..
في لمساته..

كانت تشعر به في كل تعاملاته معها..
ولكنها لم تسمع منه كلمة حب أبدًا..
هكذا هي طبيعته..
هادئ، رصين، خجول..
ولهذه الصفات تحبه..
راحت تسترجع لحظات وداعهما، عندما أحتوى كفها بين راحتيه، واحتضنه بهما في حنان، ثم تطلع إلى عينيها طويلاً، دون أن ينبس ببنت شفة..
ثم ذهب إلى حيث تقبع طائرته..
وانطلق..
حتى في لحظة الوداع لم ينطقها..
لم ينطق كلمة حب تشتاق لسماعها من شفتيه..
وأسبلت جفنيها، وهي تحتضن صورته في حب.. ونامت..
لم تدرِ كم نامت، ولكنها شعرت فجأة بضرورة أن تستيقظ..
وعندما فتحت عينيها، رأته أمامها..
(نادر) بنفسه..
بوجهه الوسيم ونظراته الحانية..
كان ينحني نحوها، وعيناه تحملان نظرة حب وحنان كعادته..
وكان مبتلا..
أو هكذا خيل إليها..
كانت خصلات شعره ملتصقة بجبينه، كما لو أنه قد انتهى من الاستحمام على انتو..
وحاولت أن تبتسم..
أن تهتف بدهشة لعودته..
ولكن لسانها كان ثقيلاً..
وجسدها كان أثقل..
بدت كما لو أن طنًا من الفولاذ يجثم على أنفاسها..
ولم تملك سوى التطلع إليه..
وفتح هو شفتيه، وقال بصوت عميق:
- أحبك يا (عبير).
اختنج قلبها في قوة..
لقد نطقها..
نطقها أخيرًا..

نطق كلمة الحب..

أغرقت عيناها بدموع السعادة، وهي تتطلع إليه، فاستطرد في حب وحنان:

- لا تبكي يا (عبير).. لا تبكي أبدًا.. دموعك تؤلمني.. لا تبكي..

وفجأة ارتفع رنين الهاتف المجاور لفراشها..

واختفى (نادر)..

حدقت أمامها في دهشة، وأيقنت من أنها كانت تعيش حلمًا جميلًا، وهي تلتقط سماعة الهاتف، وتقول في صوت متناوم:

- من؟

أتاها صوت إحداهن تقول في حزن:

- (عبير).. لقد سقطت طائرة (نادر) في المحيط.. سقطت وغرق كل ركابها يا (عبير)..

خيل إليها أن قلبها قد توقف عن النبض، واتسعت عيناها في ذعر وذهول، وتجمعت فيهما دمعة هائلة، اختنقت بين جفنيها، كما اختنقت تلك الصرخة في حلقها..

سقطت الطائرة؟!..

غرق كل ركابها؟!..

وفجأة وقع بصرها على بقعة المياه، التي تبلل أرضية الحجرة، إلى جوار فراشها تمامًا..

بالتحديد عند النقطة التي كان يقف فيها (نادر) منذ لحظات، بخصلات شعره الملتصقة بجبينه..

وفي بطء، أعادت (عبير) سماعة الهاتف..

وبسرعة جفت تلك الدمعة في عينيها..

إن دموعها تؤلمه..

هو نفسه أخبرها ذلك، مع كلمات حبه..

في لحظة الوداع..

الثأر

انكمش (هريدي) في مقعده، في ركن ذلك المقهى الصغير، في قريته، الرابضة في حضن الجبل، في أعمق أعماق الصعيد، وهو يستمع إلى حكايات رواد المقهى، عن بطولات شباب القرية الذين ثأروا لقتلاهم، عبر تاريخ القرية الطويل، والذين حملوا السلاح، وأطلقوا الرصاص على القتلة بلا تردد..

كان يعلم كغيره أن تلك البطولة الزائفة قد كلفت أصحابها الكثير، وأنها قد ألقت ببعضهم خلف القضبان، لمدد من السنوات تتجاوز عدد أصابع اليدين، وألقت بالبعض الآخر لمدد تزيد على عدد أصابع الجسم كله، في حين تدلى من أجلها البعض على حبل المشنقة..

وكان يعلم أن الثأر قد حرم القرية من خيرة شبابها، على مر الزمن..

إلا أنه كان يشعر بالخزى والعار..

كان محرومًا من البطولة..

ومن الثأر..

لم يكن في عائلته كلها ثأر يستوجب السعي خلفه، والأخذ به..

لم يكن هناك أمل واحد في البطولة..

كم حلم (هريدي) بأن يثأر من شخص ما، من أجل شئ ما، حتى يوضع أسمه في سجل الأبطال، وتتحدث القرية كلها عنه، في مجالس المقاهى، والمجالس الخاصة..

لابد له من ثأر..

أي ثأر..

وفجأة برزت في رأسة الفكرة..

برزت صورة والده المشلول..

هاهو ذا ثأر يلوح في الأفق..

إنه يذكر في سنوات طفولته الأولى، أن والده كان سليمًا معافى..

ثم إنطلقت رصاصة طائشة من بندقية ما، وأصابت عموده الفقري..

ومن يومها ووالده مشلول..

سيثأر له..

هذا هو الثأر..

نهض من مقعده في حزم، وأرتفعت هامته في أعتداد، وهو يتجه إلى منزله في خطوات سريعة، ويحمل بندقيته، التي دفع ثمنها عشرة قراريط كاملة من أرضه، ثم يتجه إلى منزل أبيه.

لابد أن يعلم من أصاب والده بالشلل..

لابد أن يثأر له..

ولم يكن يلج منزل والده، وبندقيته معلقة خلف كتفه، وعيناه تبرقان بذلك البريق، حتى توجست أمه خيفة، فسألته وقلبها يرتجف مع صوتها:

- عم تبحث يا (هريدي)

أتجه إليها، وهو يقول في حزم:

- عن الثأر يا أماه.

سألته في جزع:

- أي ثأر ياولدي؟ ليس لعائلتنا ثأر في أيه جهة.

هتف في صرامة:

- ثأر أبي يا أماه.

رددت خلفه في دهشة وحيرة:

- ثأر أبيك؟!.. ولكن أباك حي يرزق.

صاح في حدة:

- سأثأر ممن أصابه بالشلل.. سأقتل الفاعل.

انقبض قلبها في قوة وخوف، وهي تقول:

- رويدك يابني.. هذا أمر قديم قدم الدهر، ووالدك لم يطلب ثأرًا.

صاح هادرًا:

- ولكنني أنا أطلب الثأر يا أماه..

انكمشت في رعب، وهي تقول:

- صدقني ياولدي، من فعل بوالدك هذا لم يكن يقصد إصابته.. لقد كان يعبث بالبندقية، فانطلق منها عيار طائش، و...

قاطعها في ثورة:

- سيدفع الثمن.

أزداد انكماشها ورعبها، وهي تقول:

- لا ياولدي.. لا أحد يطلب الثأر..

هتف في قسوة:

- أخبريني من فعلها يأماه.. أخبريني وأقسم أن أقتله، حتى ولو كان.. حتى ولو كان..

صمت لحظة، قبل أن يضيف في وحشية:
- حتى ولو كان أنت.
أنكمشت تمامًا في رعب هائل، وهي تقول، وقد انهمرت دموعها في غرازة:
- لم يكن ذلك متعمدًا ياولدي.. أقسم لك.. حتى والدك لم يحمل في نفسه أيه ضغينة للفاعل.
أمسك معصمها في قوة، وهو يهتف؟
- من فعلها يا أمي؟.. من فعلها؟
إنحنت أمامه، تقول في ضراعة:
- لا يا ولدي.. لا تفعلها.
صرخ:
- من فعلها؟..
ثم اتسعت عيناه، وهو يستطرد:
- أهو أنت يا أماه؟.. أنت فعلتها؟!
هتفت في هلع:
- لا.. لا.. لست أنا.
ثم خفضت عينيها، وعادت الدموع تنهمر منهما في غزارة، وهي بستطرد:
- إنه انت.
ومن يومها، لم يعد (هريدي) إلى حمل بندقيته أبدًا..
ولم يجلس في المقهى بعدها قط..
أو يبحث عن الثأر..

أين ذاكرتي

فجأة وجد نفسه هكذا..

ملقى وسط طريق خال من المارة..

تحت الأمطار..

تطلع حوله في حيرة، قبل أن ينهض واقفًا، ويدير عينيه في المكان في دهشة..

أين هو؟

ما الذي أتى به إلى هنا؟

ما الذي يفعله في هذا المكان؟..

كلها أسئلة ملأت رأسه في إلحاح..

ولكن دون جواب..

راح يعتصر ذهنه، محاولًا إستدرار ذاكرته وذكرياته..

إنه يذكر تواجده في مكان يزخر بالآلآت.

وعدد هائل من الأرقام تتراص أمامه..

وعشرات يلتفون حوله..

ثم لا شئ..

إنه يذكر كيف أمروه بالذهاب إلى السيارة، فذهب إليها، و..

وهنا ينتهي كل شئ..

هنا تتوقف ذاكرته..

أين ذهبت؟..

ماذا أصابها؟..

إنه لا يذكر حتى من هو، ولا ماذا يعمل!!

لمح من بعيد بقعة ضوء، فراح يقطع الطريق نحوها في حيرة، حتى إستبانت له ملامحها..

إنها واحدة من إستراحات الطرق الصحراوية..

مبنى واحد يجمع ما بين مطعم أنيق، ومقهى مبتكر، ومحطة لخدمة السيارات، وتموينها بالوقود والزيوت والشحوم الخاصة..

وراح يتطلع إلى الجالسين..

ثم مال يتطلع إلى وجهه الذي إنعكست صورته على زجاج سيارة متوقفة على جانب الطريق..

إنه حتى لا يذكر هذا الوجه..

إنه يشبه كل الجالسين، على الرغم من أنه يشعر في أعماقه أنه يختلف عنهم..
ولكن فيم يختلف؟..
هذا ما عجز عن فهمه تماما..
وفي حيرة وإرتباك، أتجه نحو المقهى، وجلس، وأتت المضيفة إليه، تسأله بإبتسامه عذبة:
- ماذا تطلب؟
لم يدر بم يجيبها!!..
ماذا يطلب؟!..
ياله من سؤال؟!..
إنه لا يفهم حتى ما الذي ينبغي طلبه..
ذاكرته خالية تمامًا، كورقة بيضاء..
وتطلع إليها، يسألها:
- وماذا ينبغي أن أطلب.
رآها تتراجع في دهشة حادة، وخيل إليه أن صوته أكثر رنينًا من صوتها، وأكثر ارتفاعًا، ورجح أن هذا ما أدهشها حتمًا، وما جعلها تحدق في وجهه طويلًا، قبل أن تقول في خفوت:
- أظنك تحتاج إلى مشروب دافئ!
لم يعترض..
فقط جلس ينتظر عودتها بذلك المشروب الدافئ، وهو يواصل مساعيه لاستعادة ذاكرته..
ورآها تتجه إلى الهاتف، وأصابعها تضغط أزرار رقم بدا له مألوفًا، وشاهدها تخفي البوق بكفها عنه، وهي تتحدث في الهاتف في انفعال ملحوظ، وبهمس شديد الخفوت..
وأدرك أنها تتحدث عنه..
وجلس ينتظر دون خوف أو قلق..
وتطلع في خواء إلى نتيجة الحائط المضيئة، التي تشير إلى أن اليوم هو السابع من فبراير، عام ألفين وعشرة، وإلى ذلك الشعار فوقها، الذي يؤكد أن الدولة التي ينتمي إليها تدعى مصر..
ثم أنتبه إلى سيارة كبيرة توقفت إلى جواره، وهي تحمل على بابها شعارًا مميزًا، بدا له مألوفًا أيضًا، هو ووجها الرجلين، اللذين هبطا من السيارة، وراحا يتطلعان إليه، قبل أن يزفر أحدهما في ارتياح، ويميل نحوه، قائلًا:

ـ أخيرًا عثرنا عليك.. إنك مفقود منذ أمس.

تطلع إلى الرجل في لهفة..

إنهما يعرفانه إذن..

أخيرًا وجد من يخبره عن هويته..

من يرشد إلى ذاكرته الضائعة..

ورأى الرجل الآخر يميل نحوه، ويفحص بقعة معينة في رأسة، قبل أن يتمتم:

ـ كما توقعت.. إنه خلل بسيط.

وضغط الرجل تلك البقعة في رفق..

ولحظتها إستعاد هو كل ذاكرته..

أو على وجه الدقة أدرك أنه لم يفقد ذاكرته، لأنه لم يحصل عليها بعد..

لابد من برمجتها في أجهزته أولًا..

لأنه ليس بشريًا..

إنه شخص آلي..

آلي تمامًا..

الضعيف..

الجميع يسخرون منه..
من قامته الضئيلة، وأطرافه الهزيلة..
كل زملاء كليته ينظرون إليه كشاب ضعيف واهن..
صحيح أنه متفوق في دراسته إلى حد يثير الحسد..
وصحيح أنه ذكي لامع..
إلا أنه دومًا مثار سخريتهم..
فقط لأنه ضعيف..
والعجيب أنه لم ينطو على نفسه لفعلتهم هذه، ولم يفقد ثقته بنفسه أبدًا، بل على العكس، بدا دومًا هادئًا، مبتسمًا، وكأنما يدرك وحده أنه يفوق الجميع..
ولكنه ضعفه كان واضحًا للأعين، وكذلك كانت قامته الضئيلة، التي تكاد تختفي في مقعد القيادة، وهو يقود سيارته الصغيرة، التي تتناسب مع حجمه..
لم يفقد ثقته بنفسه إلا مرة واحدة..
عندما أحب..
كانت الفتاة التي أحبها واحدة من أجمل فتيات الكلية، وأكثرهن جاذبية، حتى أنه شعر بقلبه يميل إليها في شدة
ولم يتردد في مفاتحتها في الأمر..
لقد أتجه إليها مباشرة، وأعلن لها حبه، ورغبته في الأرتباط بها..
ولكنها أبتسمت في مزيج من السخرية والإشفاق، وهي تخبره أنها لم تفكر بعد في الأرتباط..
ولكنه قرأ الجواب الحقيقي في عينيها..
إنها مثلهم جميعًا..
إنها تراه ضعيفًا هزيلًا..
آه لو يعلمون!!
آه لو يعرفون أنه يفوقهم جميعاً!!
وفي حزن أتجه إلى سيارته، وأنطلق بها..
كانت هذه عادته، كلما شعر بالحزن.. أن ينطلق بسيارته في الطريق الصحراوي بلا هدف..
وبينما هو ينطلق بالسيارة شارد الذهن، جاورته سيارة نقل هائلة، ذات مقطورة ضخمة، وأراد سائقها أن يتجاوزه في سرعة..

ولكن فجأة أختلت عجلة القيادة في يد سائق سيارة النقل، فمالت السيارة بحجمها الهائل على سيارته الصغيرة..

وكان من الواضح أن السيارة الضخمة ستسحق الصغيرة بقائدها.

ولكنه لم يهتم، أو تهتز في جسده شعرة واحدة..

لقد تلفت حوله في سرعه، ليتأكد من أن أحدًا لايراه، ثم مد يده من نافذة سيارته، ودفع سيارة النقل بعيداً في بساطة، كما لو كان يدفع لوحًا من الخشب، ينزلق على عجلات مرنة..

وأصيب قائد سيارة النقل بالذهول أمام المشهد..

وتصور أنه قد أخطأ رؤية ما حدث..

أما هو، فقد أنطلق بسيارته الصغيرة، وقد عاوده شروده، وفي رأسه تدور العبارة نفسها..

آه لو يعملون!!

سر الخلود

أخيرًا سيتوصل إلى السر..

سر الخلود..

عشر سنوات كاملة، وهو يعمل ليل نهار، ويجري تجاربه بلا إنقطاع، منذ عثر على تلك البردية القديمة، التي تحمل سر الخلود..

منادرة كيميائية فرعونية ناقصة، احتاجت منه عشر سنوات كاملة، حتى توصل إلى إكمالها..

مازال يذكر نص البردية القديمة:

" أشرب هذا المزيج يا بن الآلهة، وسيمنحك الإله خلودًا..".

ثم منادرة كيميائية أحترق طرفها، وتحتاج إلى دراسة طويلة لعلم الكيمياء الفرعوني، واللغة الهيروغليفية، وإلى عشرات ومئات التجارب والمحاولات..

وهو يثق كثيرًا في كهنة الفراعنة..

ما داموا يقولون إن المزيج يمنح الخلود، فهو يمنحه ولا شك..

راح يتابع غليان ذلك السائل الوردي، في دورقه الشفاف، وقلبه يخفق في قوة..

لقد أقترب موعد تحقيق الحلم..

سيحصل على أكسير الخلود..

وفجأة جال بخاطره ما لم ينتبه إليه طيلة السنوات العشر السابقة..

لماذا لم يحصل أحد هؤلاء الفراعنة القدامى على الخلود، ما داموا قد توصلوا إلى صنع أكسيره؟!..

ضرب رأسه بكفه في قوة، وهو يهتف:

- يالي من غبي.. لا ريب أنهم قد حصلوا على الخلود، ولكنهم لن يكشفوا أمرهم أبدًا.. سيحتفظون بذلك سرًا.. من أدراني أنهم لا يعيشون بيننا الآن، وأن أعمار بعضهم قد تبلغ آلاف السنين..

أبتسم في إرتياح، عندما بلغ هذه النقطة..

بالتأكيد إنهم حولنا، ولكنهم يخفون أمرهم، ويحرصون على هذا..

هو نفسه سيخفي السر بقدر استطاعته، ولن يسمح لمخلوق بمعرفته..

لقد حرص على هذا حتى أنه لم يسجل منادرته أبدًا، بل احتفظ بها في المكان الوحيد، الذي لا تتعرض فيه للسرقة أبدًا..

في رأسه..

في ذاكرته وحده..
وخفق قلبه مرة أخرى في عنف، عندما بدأ المزيج الوردي في الغليان، وتحول لونه إلى البنفسجي، فالأزرق، ثم تصاعدت منه فقاعات ذهبية صغيرة، انعكست عليها أضواء المعمل، فبدت كعشرات الشموس السابحة في الفضاء..
وأختطف الدورق في لهفة، وصب بعضه في كوب صغير، وهو يهتف:
- لقد حصلت عليه.. حصلت على الخلود.
وبلا تردد شرب السائل كله..
وفجأة شعر بالتحول..
تحول هائل قوي عنيف..
وأتسعت عيناه في رعب..
وحاول أن يبلغ الدورق، فأرتطمت يده به، وسقط يتحطم على أرض المعمل..
وأدرك أخيرًا سر الخلود..
أدركة بعد فوات الأوان..
وراح الأكسير يعمل، ويعمل..
وفي الصباح التالي، وعندما دلف عامل النظافة إلى المعمل، كانت هناك سحب خفيفة تنتشر في جوه، ففتح العامل النافذة لتهوية المكان، وتطلع في حيرة إلى تمثال من الحجر، يشبه العالم الذي يعمل في المعمل تمامًا، وتساءل العامل عن سر وجود هذا التمثال، المصنوع من حجر قوي كتماثيل الفراعنة، ثم لم يلبث أن نفض دهشته وتساؤلاته، وهو يغمم:
- يا لجنون العلماء!!..
ولم يتصور أبدًا أن هذا التمثال، المصنوع من مادة خالدة، غير قابلة للكسر، كان ذات يوم ينبض بالحياة..
بحياة عالم قضى عشر سنوات من عمره، يبحث عن الخلود..
ونال ماسعى إليه..
وصل إلى سر الخلود..

بطل يموء

كان ذلك الزقاق مظلمًا على نحو مخيف، حتى أن ركبتي (حاتم) راحتا تصطكان في قوة، وهو يعبره، في حين راح هو يلعن ذلك الملل، الذي دفعه إلى إبدال مساره المعتاد، الذي يقطعه يوميًا، منذ ثلاث سنوات، عائدًا من عمله إلى منزله..

وفي تلك الساعة المتأخرة، بدا له كل شئ مرعبًا..

الظلال التي تلقيتها صفائح القمامة..

صوت الحشرات..

حفيف أوراق قديمة، تطيرها النسمات..

كل شئ بدا له مخيفًا..

وفجأة سمع صوتًا يأتي من خلفه..

وتجمدت أطرافه..

وهمس في صوت مرتجف:

- من.. من هناك؟

وتحرك شئ ما في عنف..

ولم ينتظر (حاتم)..

أنطلق يعدو كالصاروخ، وقد صور له رعبه ذلك الشئ شبحًا رهيبًا، أو جنبًا مخيفًا..

وعبر الزقاق كله في عدد محدود من الخطوات، بالسرعة التي ينطلق بها..

وفجأة، ومع وصوله إلى نهاية الزقاق، ارتطم بشخص ما في قوة، وسقط معه أرضًا..

وسمع ذلك الشخص يطلق سبابًا بذيئًا، ورآه يستل مدية كبيرة، فقفز محاولًا الفرار، إلا أن قفزته جاءت ضعيفة، فتعثر، وسقط فوق ذلك الشخص مرة أخرى، وسمعه يشهق في ألم، ثم تخمد حركته..

وفجأة هتفت سيدة:

- أيها البطل.. لقد أنقذتني من ذلك اللص الوضيع.

وهتف رجل:

- أنت أشجع من رأيت في حياتي كلها..

وفي الصباح التالي، كانت صوره تتصدر الصحف، مع وصف مستفيض لشجاعته وجرأته، وذلك الأسلوب البطولي، الذي واجه به أحد المجرمين

الخطرين على الأمن، عندما حاول هذا الأخير سرقة سفير دولة عربية صديقة وزوجته بالإكراه..

وراح الجميع يهنئونه على شجاعته وبطولته، واكتفى هو بابتسامة هادئة، زادت من احترام الجميع له، ومنحته مظهر بطل اعتاد البطولة..

أما في أعماقه، فقد كانت هذه الابتسامة تحمل هيئة ضحكة ساخرة كبيرة، فهو وحده يعرف حقيقة البطل..

كما أنه يعرف من هو البطل الحقيقي..

ذلك القط الكبير الذي لمحه يخرج من الزقاق بعد الحادث، ولكنه لم يكشف السر أبدًا..

لقد احتفظ به في أعماقه، مع قرار حاسم، اتخذه بعد ذلك الحادث مباشرة..

لقد قرر ألا يعبر ذلك الزقاق المخيف..

لن يعبره مرة ثانية..

أبدًا..

ازدواج

هبت العاصفة في المنزل..

لقد ثار رب الأسرة، (حازم حمدي) على زوجته وأولاده، عندما استقيظ في المصباح، ولم يجد خفه المنزلي إلى جوار فراشه كالمعتاد..

وراحت زوجته تهدئ من روعه، وتلتمس شتى الأسباب والمعاذير، لتبرر له عدم وجود خفيه، متعللة بأن ابنه الأكبر قد أستعارهما لحظات، ليذهب إلى دورة المياة، ثم يعيدهما قبل استيقاظ والده، وأنه هو الذي أستيقظ قبل موعده، و...

ورماها (حازم) بنظرة صارمة قاسية، جمدت الدماء في عروقها، وحبست الكلمات في حلقها، فانكمشت ترتعد، وتركته يفرغ ثورته في وجوه أبنائه.

ولزم الجميع الصمت في هيبة وخوف، حتى أفرغ (حازم) ثورته، ثم صاح في وجه زوجته:

الشاي.. أريد قدح الشاي.. لقد أقترب موعد ذهابي إلى العمل.

أسرعت زوجته تعد له قدح الشاي، فأرتشفه في سرعة، وهي تقف إلى جواره مرتعدة مستسلمة، وترددت طويلًا، قبل أن تغمغم:

- ابنتك (هند) تريد حذاء جديدًا.

رماها بنفس النظرة القاسية الصارمة، وهو يقول:

- ولماذا لم تطلبه بنفسها؟

أجابته في خفوت:

- خشيت أن تثور في وجهها.

مط شفتيه متظاهرًا بالامتعاض، إلا أنه، في حقيقة الأمر، كان يشعر بسعادة ونشوة عارمتين في أعماقه..

هكذا القوة..

هكذا تكون إدارة المنزل..

أن يخشاه الجميع ويرهبونه..

إنه يحب هذا الشعور..

شعور القوة..

وفي غطرسة، لوح بكفه، قائلًا:

فلتبتع الحذاء.. سأترك لها ثمنه.

غادر مائدة الإفطار وزوجته خلفه، تدعو له بالتوفيق في عمله، وهو يسير منتفخ الأوداج، حتى باب المنزل، ولم يكد يغلقه خلفه، حتى تنفس أبناؤه

الصعداء في ارتياح، وأسرعت (هند) تلتقط الأوراق المالية، التي تركها خلفه لها..

أما هو، فقد ذهب إلى عمله على الفور، وخلع حلته، وعلقها على مشجبها القديم في عناية، وارتدى حلة العمل، وفي نفس اللحظة التي تعالى فيها صوت غاضب يهتف:

- أين الحمار (حازم حمدي)؟.. لماذا لم يصل حتى الآن؟

أسرع يحمل صينية الشاي، وهو يقول:

- أنا هنا يا سعادة البك.

قدم الشاي إلى رئيسه في مكتبه.

والرئيس يهتف ساخطًا:

- يا لك من غبي!.. أنت أسخف فراش عمل معنا يا (حازم).. أنت حمار.

ابتسم (حازم)، وضحك قائلًا:

- حمار شغل يا سعادة البك.

يبدو أنه عندما خلع حلته، خلع معها دور البطولة الذي يلعبه في البيت، كما يبدو أنه عندما ارتدى حلة العمل، ارتدى معها دور الحمار..

ومع بداية عمله كان قد نسى كل شئ عن المنزل..

وعن القوة..

كان قد نسي أي منهم شخصيته الحقيقية،

الانتظار

كالمعتاد، وصلت هي أولًا..

وكان عليها أن تنتظره..

كل مرة يحدث هذا..

كل مرة يكون عليها هي أن تنتظر..

زفرت في حنق، وتطلعت إلى ساعتها، ثم عادت تتطلع إلى الطريق..

إنه لا يحترم أية مواعيد..

حتى في عمله يصل متأخرًا..

وهي على عكسه تمامًا، تصل دومًا في موعدها..

وتنتظر..

ولأول مرة، منذ بدأت علاقتهما، شعرت نحوه بالسخط..

لماذا تتحمله هي دومًا؟!

لماذا تحتم قواعد التعامل أن تدلل النساء الرجال قبل الزواج؟..

وفي أعماقها، انفجرت ثورة..

لا..

لن تنتظره هذه المرة..

لقد وصلت في موعدها، وما دام هو لم يصل، فليتحمل النتائج..

وفي حزم، اندفعت تغادر مكانها في غضب، وعبرت الطريق في عصبية مفاجئة..

وارتفع صرير إطارات سيارة، تحتك في الطريق بقوة، مع محاولة صاحبها إيقافها في استماتة، وأعقبه صوت ارتطام السيارة بجسم لدن..

وشعرت هي بالصدمة، ثم تلاشى شعورها بالألم بغتة، وراحت روحها تفارق جسدها في نعومة وهدوء، محلقة نحو الأبدية..

والعجيب أنها لم تشعر برهبة الموت حينئذ، بل كان ما شعرت به هو السخط؛ لأنه حتى في هذا ستذهب هي أولًا..

وسيكون عليها أن تنتظره..

لعبة كبار

"كفى ياولد.."

رفع الصغير عينيه في حيرة، يتطلع إلى والده، الذي عقد حاجبيه في صرامة، مكررًا:

- قلت لك كفى.

لم يدر لماذا يمنعونه هو بالذات من العبث بتلك الأزرار، التي يعبثون بها طيلة الوقت، فتظهر على الشاشة الملاصقة لها صور متحركة طريفة، يحب هو مشاهدتها ومتابعتها في شغف..

وفي حذر، ألقى نظرة على والده، الذي أنشغل بمطالعة صحيفته، ثم مد أصابعه المنمنمة نحو أزرار التلفاز، ولم يكد يلمسها حتى تعالى صوت أمه:

- لا تعبث في التلفاز.

تراجعت أصابعه، وهو يضرب الأرض بقدمه الصغيرة في غضب، ثم أبتعد عن الجهاز بخطوات حذرة، فهو لم يألف المشي على قدمين بعد..

لقد كان منذ فترة قصيرة يحبو على أربع، مثل ذلك القط الخامل، الذي لا يفعل طيلة اليوم سوى أن يصرخ ويموء، عندما يجذب هو ذيله المثير للفضول.. ذلك الذيل الذي يتراقص في نعومة، حتى عندما يكون ذلك القط نصف نائم..

ولم تحتمل قدماه الصغيرتان المشي طويلًا، فانحنى جسده لتلامس كفاه أرض الحجرة، ثم جلس في هدوء، وراح يبتسم لأمه، التي انشغلت في ترتيب وتنظيف المكان، فاكتفت بأن بادلته الابتسام، دون أن تحاول حمله أو مداعبته، فالتفت إلى والده، وراح يبتسم، ويحرك كتفه الصغيرتين على ذلك النحو، الذي يضحك له والده كثيرًا في ساعات الصفاء.. ولكن والده كان منهمكًا في قراءة الصحيفة تمامًا، حتى أنه لم ينتبه إلى صغيره..

وفي ضجر، راح هو يحبو في المكان، حتى بلغ التلفاز مرة أخرى، فأمسك سطح مائدته بكفيه الصغيرتين، ورفع جسده إليه، ووقف مرة أخرى على قدمين، وراح يتطلع إلى الشاشة المظلمة في أمل..

لماذا لا تعمل؟..

لماذا لا تجلب إليه تلك الصور المتحركة، والمشاهد الطريفة؟..

إنه يشعر بالملل دونها..

وفي اهتمام، مد أصابعه الصغيرة، وضغط الزر..

وأضاءت الشاشة..

ولم يكد هو يتهلل مبتسمًا، حتى هتف والده في غضب:

- لا تعبث بالتلفاز.. لقد حذرتك من قبل.

وأسرعت أمه تغلق التلفاز، وهي تقول:

- لا يا صغيري.. كفاك عبثًا.

ثم حملته، وضعته في منتصف الحجرة، بعيدًا عن التلفاز..

وجلس هو صامتًا لحظات..

لم يفهم قواعد اللعبة..

لعبة الكبار..

إنهم لا يريدون مداعبته، أو حتى تركه ليداعب نفسه..

إنهم يضجرونه في شدة..

وفي هذه المرة لم يعد أمامه سوى خيار واحد..

أن ينفجر باكيًا..

ولقد فعل..

حسناء الحافلة

لم يدر لماذا قفز إلى تلك الحافلة المزدحمة، في ذلك الوقت من اليوم، الذي تتخم فيه وسائل المواصلات عادة، بالعائدين من أعمالهم، والمرهقين والمنهكين من آثار نهار شاق، على الرغم من أن جيبه كان يمتلئ بحافظة كبيرة؛ مكدسة بأوراق النقد، مما يجعله قادرًا على استئجار سيارة سياحية خاصة، تقله إلى منزله، في ذلك الحي الشعبي الشهير، الذي قضى فيه عمره كله..

ربما هو حكم العادة..

بالتأكيد هو كذلك..

لقد كان يشعر بنشوة الظفر، التي تلازمه عادة، كلما نجح في نشل حافظة متخمة كهذه، من إحدى المناطق الراقية التي اعتاد مزاولة النشل فيها في الآونة الأخيرة.. ولكنه لم يكد يلمح الحافلة المزدحمة، حتى دفعته غريزته القديمة إلى القفز داخلها، وكأنما هو قدره..

نعم.. هو حتمًا قدره..

جالت هذه الفكرة في رأسه بشدة، عندما وقع بصره على تلك الحسناء الفاتنة، ذات الشعر الأشقر والعينين الزرقاوين، التي انحشرت وسط الركاب، وقد بدا الضيق والتأفف في ملامحها، كأنما هي لم تعتد ذلك الزحام أبدًا..

وشعر بقلبه يخفق بين ضلوعه، لأول مرة في عمره..

لقد قضى عمره كله في النشل، حتى أنه لم يجد من قبل لحظة واحدة للحب..

وقد هبط هذا الحب على قلبه كالصاعقة..

ودون أن يدري، وجد نفسه يشق طريقه وسط الزحام، حتى وصل إليها وهو يلهث، وقلبه يخفق بمزيد من القوة، وروحه تهفو إليها، ولم يكد يملأ أنفه برائحة عطرها الرقيق، حتى أدارت عينيها الجميلتين إليه..

والتقت الأعين..

وجف لعابه من شدة وجده، ولم يجد أمامه سوى أن يبتسم لها..

ولقد استقبلت هي ابتسامته بابتسامة حائرة، ثم لم تلبث أن أشاحت عنه بوجهها، وكأنما تتحاشى تلك النيران في نظراته..

وبكل لهفته، همس:

- أهي أول مرة؟

أدارت عينيها إليه في حيرة، فأبتسم مستطردًا:

- أعني بالنسبة للحافلة والزحام.
ابتسمت في إرتباك، وهي تغمغم:
- نعم.. أنها أول مرة.
صمتت بعد قولها للحظات، ثم لم تلبث أن استطردت، وكأنما ترغب في أن يشاركها شخص ما مشكلتها:
لقد تعطلت سيارتي، ولم أجد سيارة من سيارات الأجرة، في طريقها إلى حيث أقيم، ولما كنت مرتبطة بموعد هام مع خطيبي، فلم يكن أمامي سوى أن أستقل الحافلة، على الرغم من ازدحامها.
لم يفهم من كل هذا سوى أمر واحد.
إنها مخطوبة..
وتحولت لهفته كلها إلى مزيج من الغيظ والحنق؛ لأنها من نصيب غيره..
وامتلأت نفسه بالغضب..
يا للخسارة!!..
لم يخفق قلبه إلا لفتاة مخطوبة..
يا للغيظ!..
وفجأة دفعه غضبه إلى البحث عن وجه آخر للظفر، فاقترب منها أكثر، وعبثت أصابعه المدربة بقفل حقيبتها، وهو يسألها في براءة:
- وأين تقيمين؟
أجابته في بساطة:
- قريبًا من هنا.
نجح في فتح حقيبتها، والتقط كيس نقودها، ودسه في جيبه، وابتسم تلك الابتسامة الظافرة، وهويقول:
- إنها إجابة مبهمة.
ابتسمت ابتسامة واسعة، وهي تقول:
- لا بأس بها، في مثل هذه الظروف.
لاذ كلاهما بالصمت لحظات، ثم ابتسمت هي ابتسامة هادئة، وقالت:
- سأنزل هنا.
تابعها ببصره وهي تدفع جسدها وسط الأجساد، لتبلغ باب الحافلة، ثم تقفز منها في مهارة، تتنافى مع كونها أول مرة تفعل فيها هذا.. وراودته فجأة فكرة أنها مخادعة، وأنها على الرغم من جمالها وحسنها، مجرد فتاة متوسطة الحال، اعتادت ركوب الحافلة في رواحها وغدوها، وراهن نفسه على أن كيس نقودها لن يحوي أكثر من الجنيهات الخمسة و..

وفجأة تجمد بصره، وخفق قلبه في شدة، وأندفع يحاول شق طريقه بين ركاب الحافلة المزدحمة، ليلحق بها..

ولكن هيهات..

لقد انطلقت الحافلة مبتعدة..

وضاعت الفرصة..

وبكل مرارة راح يتطلع، عبر فجوة في الزحام إلى تلك الفاتنة، والحافلة تبتعد وتبتعد..

ورأى حسناء الحافلة الشقراء تبتسم في سخرية، وهي تفتح حقيبتها، وتعيد إليها كيس نقودها، بالإضافة إلى تلك الحافظة المتخمة بأوراق النقد، التي كانت تحتل جيبه هو منذ قليل..

نعم.. إنه قدره..

قدره ألا يقع في حب واحدة مثلها..

ولأن الطيور تقع على أشكالها..

لقد أحب نشالة..

العدالة العمياء

انفطر قلبها في أسى ولوعة، وخيل إليها أنه ينتزع من بين أضلاعها، مع انتزاع الطبيب لتذكرته الطبية في ذلك الدفتر الأنيق، الذي يحمل اسمه في كل صفحاته، ومناولتها إياها، وهو يقول في لهجة رجل عملي، لم يعد لديه وقت للعواطف أو المشاعر:

- من الضروري أن تشتري هذا الدواء اليوم، وإلا فسيحيا إبنك بعاهة مستديمة مدى الحياة.

ألقت نظرة بلا معنى على التذكرة الطبية، وهي تغمغم:

- هل يتكلف الدواء كثيرًا؟

أجابها في ضجر:

- سلي الصيدلاني.

ثم هتف ينادي مساعده:

- المريض التالي يا كرم.

خفضت وجهها في استسلام وانكسار، وحملت إبنها الهزيل، ذا الأعوام الستة، وغادرت باب العيادة الفاخر، والحزن والحيرة يأكلان قلبها..

إن الذي تحمله هو ابنها الوحيد، لم تنجب سواه في عمرها، ولا أمل لديها في أن تفعل، فلقد استأصل الأطباء رحمها مع مولد هذا الابن، بسبب خطأ طبيب نشئ، حاول أستاذه تدريبه على أسلوب جديد للتوليد، فكان من نصيبها أن يثقب الطبيب الناشئ رحمها، ثم ينقذها أستاذه من الموت باستئصال وعاء الإنجاب الوحيد في جسد أية أمرأة..

ولم تمض إلا أشهر معدودة، إلا ولقى زوجها، العامل الأجري مصرعه، عندما سقط من الطابق الرابع في منزل تحت الإنشاء، كان يعمل فيه عامل بناء..

ومنذ ذلك الحين وهي تكافح لتحيا هي ووليدها..

ولكن نوائب الدهر لم ترفع يدها عنها بعد..

ها هو ذا ابنها الوحيد يصاب بمرض عضال، يهدده بعاهة مستديمة، وها هي ذي تقف عاجزة عن إنقاذه..

وتوقفت مترددة أمام صيدلية كبيرة، ثم دفعت قدميها دفعًا لتخطو داخلها، وامتدت يدها إلى الصيدلاني بالتذكرة الطبية، وهي ترتجف في توتر،

فالتقطها منها الصيدلاني البدين، وقلب شفتيه امتعاضًا وازدراء، وهو يتأمل مظهرها الرث، ثم أعادها إليها قائلًا في برود:
- هذا الدواء يتكلف أربعمائة جنيهًا..
أرتجف كل عرق في جسدها، عند سماع المبلغ..
أربعمائة جنيهًا؟!..
إنها لم تربح في عمرها كله مثل هذا المبلغ..
إنها لم تر هذا المبلغ بعينيها من قبل،
ولكن ماذا تفعل؟..
أتترك وحيدها يواجه مصيره المظلم؛ لأنها لا تملك مالًا؟..
إنها حتى لا تملك حسنًا أو جمالاً، لتراودها فكرة التجارة بجسدها لشراء الدواء..
لا تملك حتى القوة للمزيد من العمل..
وفي صوت خافت منكر، غمغمت:
- ألا يمكنك أن..
ولكنه لم ينتظر ليستمع إليها..
لقد فارقها ضجرًا، ليلبي طلب تلك السيدة المكتظة، التي تطلب شراء دواء لإنقاص وزنها، يبلغ ثمنه ضعفي ثمن الدواء، الذي يحتاج إليه الابن المسكين..
وغادرت الصيدلية كطير ذبيح، وارتكنت إلى بابها تبكي في مرارة، وهي تحمل ابنها على كتفها، والتذكرة الطبية في يدها..
وفجأة، دس أحدهم في يدها ورقة مالية..
جففت دموعها وهي تتطلع إليها في دهشة..
وأرتجف قلبها وهي تتصور ماحدث..
لقد ظن الرجل أنها تتسول، فمنحها تلك الورقة من فئة الخمسة جنيهات..
تتسول؟!.. يا له من عار!..
إنها لم تكن لتفعل هذا أبدًا..
ولكن..
ماذا تفعل سواه؟!..
عادت تستعرض موقفها كله ثم ضمت إبنها إلى صدرها في إشفاق ولوعة، وراحت أعماقها تصارعها..
ولم لا تتسول؟!..
ولم لا تقبل الأقدام أيضًا من أجل وحيدها؟!..

وفي حياء تمتمت:
- حسنة لله..
خيل إليها أن أحدًا لم يسمع صوتها، فرفعته قليلًا:
- أريد شراء دواء لذلك الطفل اليتيم.
تطلع إليها بعض المارة في إشفاق، وابتسم آخرون في سخرية وخبث،
واقترب كهل منها، ودس في يدها ورقة مالية كبيرة وتقدمت سيدة فأعطتها
أيضا بعض النقود.. وخلال عدة دقائق، كان معها بلغ جيد، فتخيلت أن
مشكلتها قد تحل في غضون ساعتين أو ثلاث من التسول..
وفجأة، هوت على كتفيها يد قوية غليظة، وارتفع من خلفها صوت صارم
يقول في قسوة:
- ماذا تفعلين يا أمرأة؟
انكمشت في رعب، والتفتت إليه بعينين هلعتين وجسم مرتجف، وأرعبتها
تلك الصرامة البادية على تلك الملامح الغليظة لرجل ضخم الجثة بزي
رسمي، وهو يستطرد:
- ألا تعلمين أن التسول يخالف القانون؟!..
أرادت أن تشرح له موقفها، وأن تريه التذكرة الطبية، إلا أن الرعب
والرهبة ألجماها، فبقيت صامتة مستسلمة، في حين قال أحد المارة في
إشفاق:
- دعها ترتزق يا (شاويش).
وأضافت سيدة:
- ربما كان ابنها مريضًا حقًا.
صاح (الشاويش) في صرامة لا تقبل الجدل:
- وليكن.. القانون هو القانون.
وتأوه أبنها ألمًا، وزادت هي في ضمه إلى صدرها، ولم تنطق بحرف
واحد، وقد سالت دموع اليأس والمرارة على وجنتيها، وهي تسير أمام
الشرطي إلى قسم الشرطة في استسلام تام..
الآن فقط أدركت ماهية القانون..
قانون العدالة..
العدالة العمياء..

هل العدالة حقًا عمياء؟

قالوا قديما إن العدالة عمياء..

ويقال إن هذه العبارة قد نشأت لأول مرة، في (انجلترا).

ويقال أيضًا في (فرنسا)..

وفي (أمريكا)..

المهم هو أنهم جميعًا، عندما يرسمون العدالة، فإنهم يرسمونها على هيئة امرأة، تحمل في يدها ميزان العدل، وتعصب عينيها بغطاء سميك..

ولقد قال بعض الأدباء: إن العدالة عمياء، لأنها لا تلتفت إلى العواطف، ولا تنظر إلى التوسلات بل هي تطبق القانون فحسب..

وقال بعض الآخر إنها عمياء لأنها لا ترى الحقيقة. التي تختفي وراء الظاهر..

ولكن ماذا نقول نحن؟..

قبل أن نقول رأينا، أو نتورط في الانضمام إلى فريق من الفريقين، دعونا نستعرض أولًا بعض وقائع العدالة، وبعدها يمكننا أن نقرر، لماذا هي عمياء؟

* * *

عندما أدار ظهره، وسب..

حدث ذلك في (مارسيليا)، في عهد كانت تسيطر عليها فيه عدة عصابات، استطاعت أن تمتلك كل شيء، حتى الشرطة والقضاء.. وحتى القانون..

في ذلك العصر، في ثلاثينيات القرن العشرين، قام أحد زعماء هذه العصابات بقتل أحد خصومه، فألقي القبض عليه، وعندما جاء شاهد الإدانة الوحيد، ليقف أمام المحاكمة، وأمام ذلك القاضي، الذي حصل بالمساء فقط على رشوة ضخمة، لتبرئة زعيم العصابة، سأل القاضي الشاهد في صرامة:

- ماذا حدث بالضبط؟

أجابه الشاهد في هدوء واثق:

- لقد كنت أجلس في مخزن المتجر، ومسيو (فيران) صاحب المتجر في الخارج، في الثانية بعد منتصف الليل، ثم سمعت طلقًا ناريًا، وعندما هرعت

من المخزن إلى المتجر، رأيت مسيو (فيران) جثة هامدة، والدماء تنزف من ثقب بين عينيه الجامدتين الجاحظتين، ومسيو (ديبوا) يقف أمامه، ومسدسه في قبضته، والدخان يتصاعد من فوهته، ولم يكن هناك سواه.

سأله القاضي في صرامة مخيفة:

- هل رأيته وهو يطلق النار على رئيسك؟

أجابه الشاهد في بساطة:

- كلا.. ولكن مظهره كان يؤكد أنه هو الفاعل، فلم يكد يراني حتى رمقني بنظرة قاسية، ودس المسدس في جيبه، وغادر المكان في هدوء، وهو يتصور أنني لن أجرؤ على إدانته والشهادة ضده قط.

عاد القاضي يسأله في صرامة:

- هل رأيته يطلق النار؟

أجابه الشاهد في حيرة:

- بل سمعت صوت الطلق الناري، و..

قاطعه القاضي المرتشي في حزم:

- هذا لا يعد دليلًا كافيًا.

ثم ضرب مائدته بمطرقته الخشبية، مستطردًا في صرامة:

- فلينصرف الشاهد.

احتقن وجه الشاهد في غضب، ونهض من مقعد الشهادة، وأدار ظهره للقاضي، وهتف بصوت مرتفع:

- يا لك من قاض غبي وأحمق، وتشبه الخنازير في عقلك ومظهرك.

صاح القاضي في مزيج من الغضب والدهشة والاستنكار:

- كيف تجرؤ على إهانة هيئة المحكمة أيها الرجل؟ إنني أحكم عليك ب..

استدار إليه الشاهد، وقاطعه بغتة:

- هل رأيتني أشتمك وأسبك يا سيدي؟

صاح القاضي في غضب:

- لقد سمعتك، وسمعك الجميع، و..

قاطعه الشاهد، مبتسمًا في خبث:

- هذا ليس دليلًا كافيًا يا سيدي.

احتقن وجه القاضي، وضجت القاعة بالضحك، وأدرك الجميع مغزى المفارقة، ووجد القاضي نفسه في مأزق يهدد سمعته ومستقبله، فلم يجد

أمامه سوى أن يستسلم لرغبة الرأي العام.. ويحكم على زعيم عصابة (مارسيليا) بالإعدام.

وكان أول حكم بالإعدام، على أحد زعماء (مافيا مارسيليا)..

ارفع ذراعك، تخسر قضيتك..

حدث ذلك في (نيويورك)، في الخمسينات من هذا القرن، عندما سقط رجل أعمال من شرفة مكتبه، في الطابق الثاني، فوق رجل في الأربعين من عمره تقريبًا ونجا الاثنان، إلا أن الرجل لم يكد يعلم أن الذي سقط فوقه هو رجل أعمال ثري، حتى بدأ يتأوه، ويؤكد أن سقوط رجل الأعمال فوقه قد أصاب ذراعه بعطب دائم، وعاهة مستديمة.. ولم يلبث أن رفع دعوى مباشرة على رجل الأعمال، يطالبه فيها بنصف مليون دولار، على سبيل التعويض..

وكان الجميع يعلمون تقريبًا أنه رجل مخادع، وأنه لم يصب سوى ببعض كدمات فقط، إلا أن التقرير الطبي قد عجز تمامًا عن إثبات العكس على نحو قاطع، مما أمال كفة القضية نحو المدعى..

وهنا لجأ محامي رجل الأعمال إلى خطة طريفة..

لقد اتخذ في مرافعته جانب الرجل، بدلا من جانب موكله، وراح يؤكد حق الرجل في الحصول على التعويض، مما أثار دهشة الحضور والقاضي، ومحامي الرجل، وأثار في الوقت ذاته حماسة المدعى وتفاعله مع محامي خصمه، الذي ألقى خطبة عصماء، يؤكد فيها تعاطفه مع الرجل، حتى ضمن اندماج الرجل معه تمامًا، فسأله في حماس:

- إلى أي مدى بلغت إصابتك؟

أجابه الرجل بنفس الحماس:

- إنني لم أعد أستطيع رفع ذراعي كاملا.

أشار المحامي إلى المحلفين، وهو في انفعال:

- قل للمحلفين كيف ترفع ذراعك الآن.

رفع الرجل ذراعه بمحاذاة جسده، وهو يقول في حماس:

- إلى هذا الحد.

هتف المحامي:

- وإلى أي مدى كنت ترفعها فيها قبل.

رفع الرجل يده إلى أعلى، هاتفا:

- هكذا.

وهنا شحب وجهه، وأدرك بعد فوات الأوان الفخ الذي أوقعه فيه محامي رجل الأعمال، الذي ابتسم في خبث، والتفت إلى المحلفين، قائلًا:

- هل فهمتم ما أقصده أيها السادة؟

وفهم المحلفون، وخسر الرجل قضيته.. ولم يعد يرفع ذراعه بعدها.. أبدا..

* * *

نظري الضعيف

كان أيضًا في الولايات المتحدة الأمريكية..

في ولاية (فرجينيا) بالتحديد.

وكانت القضية تخص سيدة، صدمت بسيارتها طفلًا، وفرت في الظلام، لولا أن لمحها مدرس بسيط، وأبلغ الشرطة برقم سيارتها، فألقي القبض عليها...

وفي المحكمة، عجز محامي السيدة عن تبرئتها، فقرر أن يحطم الشاهد الوحيد تمامًا، فدعاه للشهادة، وسأله في برود:

- ما عملك بالضبط يا مستر (نوردت)؟

- مدرس ابتدائي.

- أهو منظار طبي، هذا الذي ترتديه؟

- إنه كذلك.

- كم تبلغ قوة إبصارك يا مستر (نوردت)؟

- ٣٦/٦ بالعينين: اليمنى واليسرى، بدون المنظار الطبي.

- هل تذكر كم كانت الساعة وقت الحادث؟

- حوالي الثامنة والنصف مساء.

- وكان الجو رديئًا للغاية، أليس كذلك؟

- بلى، ولذلك كان الشارع خاليًا من المارة تمامًا.

- كيف تفسر خروج طفل، في مثل هذا الجو إذن؟

- لقد قالت أمه إنها كانت مريضة، ولم يكن بالمنزل سواه، ليحضر لها الدواء، من صيدلية قريبة.

- وما تفسير الأم أفضل؛ لأنها أعلم مني بالسبب.

- ما الذي كان يرتديه الطفل حينذاك يا مستر (نوردت)؟

- سروالًا أزرق، ومعطفا بنيًا من الفراء.

- هل يمكن أن تخلع منظارك الطبي يا مستر (نوردت)؟

ارتبك الشاهد عند هذه النقطة، وخلع منظاره في تردد، وهنا بدأ المحامي خطته التي أعدها، وبدأ هجومه بلا رحمة، فقال فجأة في لهجة شديدة الصرامة:

- قل لي يا مستر (نوردت)، هل يمكنك أن تقرأ ذلك الشعار، المرسوم على سترة المحلف السابع؟

ازداد ارتباك (نوردت)، وقال:

- لا يمكنني هذا بالطبع، ولكن لو أنني ارتديت منظاري...

قاطعه المحامي في صرامة:

- هل يمكنك رؤية المحلف الخامس إذن؟.. قل لي.. أأشقر الشعر هو أم أشيبه؟

شحب وجه (نوردت)، وهو يقول في توتر:

- لو أنني أستطيع الرؤية دون منظاري، ما ارتديته، ولكنني أرى بوضوح بواسطته، و..

تجاهله المحامي تمامًا، والتفت إلى هيئة المحلفين هاتفا:

- هل رأيتم أيها السادة؟.. الشاهد الوحيد عاجز عن الرؤية في وضح النهار، ولكن ينبغي أن نأخذ بشهادته، وهو يؤكد أنه قد قرأ رقم السيارة في وضوح، في ليلة ممطرة، مظلمة..

هتف (نوردت) محتجا:

- لقد قرأته في وضوح، فهو...

قاطعه صوت المحامي الجهوري وهو يهتف:

- إنني أطالب باعتبار الشاهد غير أهل للشهادة أيها السادة.. ومن السهل استنتاج بقية المشهد..

لقد انكمش مستر (نوردت) المسكين في مقعده، وشحب وجهه وامتقع، على حين أصدرت المحكمة قرارها بلا رحمة، باعتباره غير أهل للشهادة.. وغادر الشاهد المسكين قاعة المحاكمة، وقد تهدلت كتفاه، وتضاعفت سنوات عمره، بعد أن طعن في كرامته، وآدميته. وربح المحامي القضية.. ولكن القصة لم تنته بعد..

فبعد شهر واحد، صدمت سيارة مسرعة، يقودها شاب مستهتر، ابن المحامي، وكان هناك حينذاك شاهد واحد، أمكنه التقاط رقم السيارة، وأبلغه لرجال الشرطة، ولكن المحامي لم ينجح، على الرغم من شهرته وذكائه، في إدانة الشاب، الذي صدم ابنه بسيارته، وقتله.. لأن الشاهد الوحيد في القضية لم يكن أهلًا للشهادة..
لقد كان هو نفسه مستر (نوردت).
* * *

قضية (هولمز) الحقيقية
هذه القضية بالذات لاقت شهرة عالمية في حينها، ليس بسبب موضوعها، أو المتهم فيها، وإنما بسبب ذلك المحقق، الذي تولي التحقيق فيها، بعد أن أغلق القضاة ملفها..
لقد كان ذلك المحقق هو سير (آرثر كونان دويل)، مبتكر الشخصية الفريدة، التي شغلت، وما تزال تشغل المعجبين حتى الآن.. شخصية (شيرلوك هولمز).
كان (آرثر كونان دويل) قد اعتزل الكتابة، وفشل الناشرون في حمله على العودة إليها تمامًا، عندما فوجئ سكان (لندن) بمقال له، في جريدة معروفة، يقول فيه:
- كلما قرأت ملف قضية (هارفي كرين)، ازددت قناعة بأن كل الأدلة، في هذه القضية، لا تكفي لإدانة قطة، وأطالب بإعادة فتح ملف القضية، وإعادة التحقيق فيها، إنصافا لرجل يقضي عمره في السجن، لجريمة لم يرتكبها.
شعر قراء (كونان دويل)، بأنه لن يتوقف، قبل أن يشعل القضية مرة أخرى، وأنه لم يتكلم إلا بعد أن وضع يده على وثيقة دامغة، تدين شخصًا ما، وتفجر الأمر في عنف، واهتزت مقاعد المسئولين في (سكوتلاند يارد)..
وكان (هارفي كرين) قد اتهم بقتل سيدة لم يرها في حياته، دون دافع أو دليل، وكل الأدلة كانت واهية، حتى أقوالًا الخادمة الشاهدة الوحيدة في القضية، جاءت مضطربة مفككة.. وعلى الرغم من ذلك، فقد أصدرت (سكوتلاند يارد) نشرة بأوصاف الرجل، وطلبت إلقاء القبض عليه، ولكنه كان قد سافر إلى أمريكا، فأبحر ضابط من (سكوتلانديارد) مع الشاهدة،

حيث تعرفت (هارفي)، ولكن شرطة (نيويورك) عارضت في ترحيله، لضعف الأدلة، إلا أنه أصر على العودة مؤكدا أنه بريء..

وفي محاكمته بدأت أعجب سلسلة من الاستجوابات الناقصة، والشهادات المتناقضة..

ولأول مرة ظهر اسم غريب جديد في القضية، أو هو على وجه الدقة رمز لاسم ما، فلقد ذكرت أخت القتيلة أن (أ - ب) قد نفذ تهديده، وقتل أختها، ولكنها رفضت في إصرار أن تفصح عن اسم (أ - ب) هذا..

ومن العجيب أن (سكوتلاند يارد) لم تبذل أدنى جهد، للتحري عن شخصية (أ - ب) هذا، بل لقد بدا الأمر وكأنهم هناك يستميتون لإخفاء شخصيته، والتستر عليها..

ولم تثمر جهود (آرثر كونان دويل) المكثفة للكشف عن شخصية (أ- ب) الغامض، إلا أنها حملت وزير العدل على إعادة محاكمة (هارفي كرين)، التي انتهت هذه المرة ببراءته.

وهكذا نجح مبتكر (شيرلوك هولمز) في قضية حقيقية، وعلى الرغم من أن أحدًا لم يعلم حتى الآن من هو (أ - ب)، إلا أن العدالة قد تحققت في النهاية، على نحو ما.

والآن، دعنا نتساءل مرة أخرى، لماذا يقولون إن العدالة عمياء؟!